恋とそれとあと全部

住野よる

Koi to soreto
ato Zenbu

Yoru Sumino

文藝春秋

恋

全部

あと

とろやと

恋とそれとあと全部

装画　ゴル
装幀　bookwall

今この瞬間、好きな子がいる。

夏休みでしばらく会えないんだろうと、勝手に思ってた。

「あ、めえめえいたんだ」

十字路に立ったその子はでかい口をぽかんと開けて言いながら、イヤホンを外し黄色い短パンのポケットにしまう。

「サブレ。そっちこそ」

「私はずっといたよ」

部活生じゃないサブレが下宿に残ると思わなくて、わざわざ訊いてなかった。確か去年は大人しく実家に帰ってたはずだ。

「めえめえ昼はずっと部活で学校かと思ってた。今日は休み？」

「いいや、今日は顧問の都合で午前中の自主練だけになった。休みは来週一週間」

「じゃあハンライも」

「あいつは母ちゃんが近く来てて、部活終わったらどっか連れてかれた」

白く反射するアスファルトの上、「ほう」と頷くサブレの細い首筋で滲《にじ》んだ汗が光ってる。高すぎだと思ってた気温が、俺の中で違う意味を持った。

「めえめえどこ行く?」

「食堂」

「これ置いて私も行こうかな」

彼女の右手にぶら下がるスーパーの袋から、ナイススティックが飛び出ていた。女子が食ってるのはあんまり見ないパンな気がする。

「なら待ってる」

サブレは駆け足で俺の横を通り過ぎ、二十メートル後ろの門の中へと入って行った。軽やかな足取りは羽が生えているみたいに楽しそうだ。なんつって、あだ名から連想してるだけだろって言われたら、そうなんだけど。こんなくだらないことを思うのは、俺が内心サブレよりよっぽどうきうきしてるからだ。

道端で突っ立っていても仕方ない。俺はさっき歩いた道をそのまま戻る。そうしてサブレが入って行った門の脇、ギリギリ内側に生えている木の下で日光を避けた。こっちは俺が住んでいるのとは違う女子生徒用下宿。普段なら、敷地内に入ったのを見つかり次第すぐ追い出される。けど、管理人であるおばちゃんの目も夏休み中の高校生には甘い。一歩くらい大丈夫。

「おっと、待ってるってあっちでかと思ってた。ごめんごめん理解してなくて、今度は私が何か待つよ。必要になったら言ってもらっていい?」

「いいけど難しいなそれ」

サブレの気にしすぎを久々に聞けて、嬉しくなった。俺達はすぐそこの目的地に向けて出発する。

「また焼けたなめえめえ」

「ずっと外にいるからなー」

「色違う？」

着ていたTシャツの二の腕部分をめくる。サブレは「ほー」と感心したように唸って自分の白い腕を並べてきた。

「めえめえと比べたらめっちゃ弱そうだな、私の腕。まあ運動してないから当たり前だけど」

「何してた？」

こういうことを何げなく訊ける仲間でよかった。そういう仲だから、油断して夏休みどうするのかちゃんと確認しなかった。一昨日、意味のないラインのやりとりをしてる間も、俺は見たこともないサブレの実家を想像してた。

「深夜まで起きて昼まで寝る生活。だから実は今から朝ごはん」

「さっきのパンそれか、だから食堂でも会わなかったんだな。ゲームでもしてんの？」

隣の部屋のエビナとずっとスイッチやってる、そう言ってた時期があったはず。

「いいや、エビナ実家帰ってるから。最近はずっと人が死ぬ系の映画見てる」

「なんだそれ」

「面白いよ。大きく四種類に分けられるんだ。死にそうで死ぬ映画、死にそうで死なない映画、死なそうで死ぬ映画、死なそうで死なない映画。死ぬって大事件なのに、単純計算で半分も死ぬ」

会って数分で、ちゃんと変なことを言い出すサブレ。これにも俺は嬉しくなった。

「予想もしてなかったらいきなり死ぬ映画は？」

「予感してなかったら、死なそうで死ぬ映画に私は分類してる」

「オススメはあんの？」

「んー、死なそうで死ぬ映画と、死にそうで死なない映画に好きなの結構あるんだけど、名前言うだけでネタバレになるからな。例えば、昨日の深夜にテレビでやってた映画は良い死なそうで死ぬ映画だった」

「あ、見たっ。それ」

「ほう、偶然」

「確かに、死ぬと思わなかった」

せっかく明日の部活が楽な夜、早く寝るのはもったいない気がして、部屋でテレビをぼんやり見てたら始まったんだ。こんな話題の共有に繋がるなんて思いも寄らなかった。はしゃぎすぎるのは恥ずかしいから、サブレに見せる驚きと喜びは、本物の七割くらいにした。

「ね、うわ死んだ！　ってちゃんと思える死ぬ映画だったね。ああいう死ぬ演出の上手い死ぬ映画そこまで多くないから、たまたま見ためえめえは運がいいよ」

「死ぬって何回言うんだよっ」

話しているうちに、下宿生がみんなで利用する食堂の前に到着する。隣り合っている男女各下宿から食堂までは道路を一本挟んでいるだけ、歩いて二分もかからない。

「退屈な日々の刺激に定食じゃんけんやる？　めえめえ」

背後でサブレの意気込んだ声が聞こえた。ドアの取っ手へ伸ばした指先に、隙間から漏れ出る冷風が当たる。

「あ、ごめん、退屈なのは私だけでめえめえは頑張ってたのか。言い直していい？」

何をどう言い直すのか分からないけど、俺は頷く。

「私は退屈な日々の刺激に、めえめえは忙しい毎日の口直しに、一勝負」

「おう、夏休み引きこもってたやつに俺が負けるはずねー」

「私が日夜じゃんけんの修行にだけ明け暮れていたと言ったら？」

「もっとやることなかったのか」

「さーいしょーはぐー」

仕掛けられた勝負は、相手が誰であろうと勝ちたい。じゃんけんなんて運だろうと思われるかもしれないけど、実は俺なりに対策を持っていた。サブレが出しがちな気がしているパーに対抗しチョキを出す。この定食じゃんけん、勝者は三つしかない日替わりメニューのうち一つを優先的に選び、残った二つのどちらかを相手に強制的に押しつけることが出来る。誰も得をしないし、よく考えたら何が目的かも分からない。なのに暇で仕方ない下宿生が集まると、たまに開催される。

結果、仕掛けてきたサブレは俺の作戦を読んだのか、もしくは偶然か、勢い余ったのか、握った拳をそのまま突き出してきた。

「よっしゃー」

「サブレちょっとそのまま待ってて」

「え？」

グーを出したまま律儀《りちぎ》に固まるサブレの前で、俺は畳《たた》んでいた右手の小指薬指親指を開く。きょとんとしたサブレの顔を、見過ぎないように見ながら。

「ほい、俺の勝ち。さっきの待つお返しで」

「……おい！　ここで使う!?」

「ちょうどいい使い方あってよかった」

「もしかして、さっきあそこで待ってたのも作戦だった？」

「それは偶然っ」

ちょっと強めに否定した。貸しを作ろうと行動したなんて、サブレに思われたくない。

「それは疑ってごめん。でも手を変えるのは反則じゃないの？」

「ゆっくりパーにしてる途中だったから待ってもらったんだよ」

「いや、どう見てもチョキだったろ！」

「チョキとパーの境目を説明出来るなら再戦を受けてやる」

すぐさま、チョキとパーのちょうど間くらいの形を手で作ってみるサブレに笑い、俺は改めて食堂の扉を開けた。

中では、冷房と静けさが混ざって宙に浮いていた。夏休みにだけ抱くイメージ。普段なら厨房でずっと動き続けているおばちゃん達も、椅子に座って何か話してる。この空気、特別な感じがあって結構好き。

「からあげ、塩サバ、チャーシューめん」

食券機横の小さな黒板に、代わり映えのしないメニューがチョークで書かれていた。読み上げた順番にＡＢＣ。横にいるサブレの顔を見て、俺は自分と彼女の食事内容を決める。

「俺はＡにする。サブレは朝飯だからＢで」

「私全然起きてすぐラーメン食べれる」

「じゃあＣでもいいよ」

「一応負けたわけだしＢにしとこう」

互いに特別好きな物や嫌いな物がなければ、大体じゃんけんの勝ち負けにだけちょっと盛り上がってメニュー選びは有耶無耶《うやむや》になる。例えばここでサブレの超好物がある場合、それを先にとってしまう遊びも出来たけど、こいつがよく語ってる好きな食べ物はピスタチオ。食堂にあるわけない。

買った食券を渡しそれぞれの定食をおばちゃんに用意してもらって、俺達は窓際の席に座った。よく考えれば何が特別いいわけでもないんだけど、ここは下宿生達からなんとなく特等席扱いされていて、すんなり座れるのも夏休みだからこそだ。

特に説明するところのない唐揚げを食べ、サラダを食べご飯を食べていると、二人組の男が食堂に入って来た。二人もこちらに気がつき、遠くから「うすっ！」と頭を下げてきたので手を振る。

「めえめえ先輩」

こちらも特に説明することがないのだろう鯖を食べるサブレが、挨拶される俺を見る度にしてくるいじりを今日も言った。

「サブレって後輩からもサブレって呼ばれてんだっけ？」

「あんまり後輩と付き合いないからなあ。でも下宿生で二年生以上はみんなサブレって言うからね。あの建物に鳩代《くしろ》は住んでないみたいなもんだ」

俺達が二年生になって四か月とちょっと、確かにサブレが後輩らしき奴といるところは見たことがない。小学生からずっとクラブチームや部活に所属する俺が知らないだけで、普通は後輩との接点ってあんまりないのかも。

「さっき、サブレが退屈な日々って言ってたのは、映画はともかく、じゃんけんの修行がつまんなかったってこと？」

「地道だからね。修行時間の九割は座禅で一割部屋の掃除だもん」

「実戦《じっせん》しろよ」

「誰もいないんだって。同じ階、私と先輩一人しか残ってないんだけど、その人もずっと部活行ってる」

「サブレもどっかに出かければ良かったのに」

ほんのひとかけらだけ、この話をとっかかりにどこか遊びに誘えないか、期待を持って言った。普段なら二人きりでなんて、学校にも下宿にも近所にも目がありすぎて無理だ。そこをせっかくこの人の少ない、しかも相手が時間を持てあましているタイミングで会えたんだから。

うん、しっかり考えてみたら全然ひとかけらなんてことはないな。

「行くよちょうど来週」

「えっ？」

「私を本当に引きこもりだと思ってんのかめえめえ」

勝手に期待して勝手に良い方向へ転がるような予感までしてしまっていたから、強い驚きの声が出た。恥ずかしくなる。

「どこに？」

「じいちゃんとこ」

「実家とは違う家？」

「うん、じいちゃんちは」

サブレの口から出た地名に、驚く。今度は普通の驚き方が出来た。

「遠いなっ」

「うんそう遠いからもう二年くらい行ってなくてさ。今回実はじいちゃんに会うだけじゃない、目的があって。数か月前に、そっち方面の遠い親戚が自殺しちゃったんだ」

「それは、ご冥福《めいふく》をお祈りします」

急な暗い話題になんとか俺が知ってる言葉を選んだ。あっているかは分からない。少なくともサブレから文句は言われなかった。

「墓参りに行くってことか」

「その挨拶と、あと自殺した部屋とか見せてほしくて」

「なんだそれ」

わけ分かんなかったけど、サブレが変わったものに興味を持つこと自体は別に意外じゃなかった。一年半くらい友達やってきて、そういうやつだって知ってる。

「どうして自分から死んじゃったのか周りの人の話も聞きたいし。実はそれきっかけで人が死ぬ系の映画ばっかり見始めたんだよ。生きてることや、死ぬこととはっきり向き合った、命のエネルギーみたいなものを感じたい」

サブレが人とはちょっと違う行動理由を持つことも、俺だけじゃない、周りのみんなが把握してきている。俺だけの感想を言えば、いつもなんとなくサブレの言わんとすることを周りの奴らよりも強く理解できている気がして、それが嬉しかった。

今回も。

「ちょっと分かる気する。俺、パニック映画とかサバイバル系の映画見たくなる時、派手なシーンが見たいっていうよりは、命かけてるとこを見たいって感覚があってさ。それが、サブレの言う命のエネルギーを見たいっていうのなのかな」

「ほう」

嘘じゃない。俺は前からそういうものに興味を持つタイプだった。ただ気になる理由まで自覚したのは、サブレの言葉を聞いた今が初めてかも。戦争映画とか九死に一生を得たドキュメンタリーみたいなのも好きで、なるほど命のエネルギーか。

「まさにだと思う。めえめえ、そうだったんだ」

「うん、そういうの俺も聞いてみたいから、お土産話期待してる」

興味は本当、だけどそれよりもサブレと約束を交わしたくて言った。遊びには誘えなくてもこの子がいない日々にまた少し期待を持てるように。

「それなら、あーそっかでも、めえめえ来週忙しいか」

「来週？　さっきもいったけど部活休み」

「え、実家帰ったりしないの？」

「めんどいし」

「じゃあ一緒に行く？」

「うん」

もう少し意味を訊いてみたりとか、躊躇《ためら》ってみたりとか、した方がよかったのかもしれない。でも脳みそに届く前に、頷いてた気がする。

「一緒に？」

そしてようやく脳みそが追いついた。え、サブレと？

誘ったはずのサブレも、驚いた顔をしていた。下手したら俺より。

「マジ⁉　めえめえ即答は、やるな！」

「いやあんまり考えないでつい頷いた」

「あ、じゃあ、全然今から断ってくれても大丈夫だから」

「いやでも」

すぐに覚悟を決めなければならない瞬間が、試合中には数えきれないほどある。スポーツやっててよかったかもしれない。

「サブレがノリで誘っただけだって白状しないなら、気になる」

覚悟とかいっといて、ついつい予防線を張った。ここでやっぱり迷惑だという顔をされたらダメージが尋常《じんじょう》じゃないから、その時はせめて冗談で逃げたかった。言い訳中にも、サブレと旅行？　自殺の話訊きに行くって何？　と、頭の中では意味を捕まえるために走り回っていた。

「いやいや私は真剣に言ったよ。うちのじいちゃんも大丈夫だと思うし。結構めちゃくちゃな人だから、言えば泊めてくれるよ」

「いやいや泊めてもらうのは、さすがに悪いだろ。サブレの性格的にも。行くならホテルとか探すよ」

「親族に対しては、あんまり気にならないんだよな。お互い生きてるだけでいいってことにしてる。だから大丈夫。あと田舎だから周りにホテルとかねえ。めえめえが良いなら、行こう行こう行こう」

「そのルールは初耳。俺はサブレとじいちゃん良いなら、良いけど」

「ルール、うーん、ルールというか、もうちょっと的確な言葉ありそうな気がする」

サブレが言葉に悩む時間を勝手に作ってくれたので、利用してこの状況に自分の気持ちをちゃんと合わせようと努力した、でも無理だった。一秒ごと現実になっていくような旅立ちまでの流れに、冒頭で大事な台詞を聞き逃したまま進む映画を観てるような気分になった。

浮つきながらひとまず急ピッチで、この機会を逃がしてはダメだっていうのだけ、心に言い聞かす。サブレの方は、ルールに変わる言葉をすぐには思いつかなかったらしく、「いったん置いといて」のジェスチャーをした。こういう場合普通は忘れるけど、サブレなら後でまたちゃんと考えるんだろう。

「着くまで長いから、めえめえが道連れなの楽しいな。言ってみてよかった」

「道連れって。いいけど、ほんといきなりだな。まさかここまで自分に反射神経あると思わなかった」

「毎日部活頑張ってもらっててよかった」

「このためじゃねえよっ」

友達との旅行が決まりそうで楽しい、というだけの顔を無理に作った。俺はサブレみたいに奥深く考えたり行動したりしないから、無理しないと、変ににやにやする、多分。けど俺がこの先どんなに奥深くなれたとしても、好きな相手からいきなり旅に誘われ、一緒に行くことがどうやら彼女の中では決定した様子で、その緊張と嬉しい戸惑いを全く顔に出さずいられるようになんてなるのか？　そんなやついるのか？

いない、んだとしたら、友達との旅行が決まってただ楽しみという顔をしているようにしか見えないサブレが、俺をどう思っているのか分かってしまい、ちょっとだけ落ち着いた。

少なくとも、誘ってくれたサブレの中に俺が喜んでいるような意味は全くないと思う。

ま、分かってたけど。

ちゃんとダメ押しもあった。

「実はずっと、めえめえも興味あることに誘いたかったんだよね。お返しできてよかった」

「俺、なんかしたっけ？」

「だいぶ前だから覚えてないかもしれない、会ってすぐの時にさ、下宿生でご飯食べようっていうのに誘ってくれたんだよ。私も何か誘いたかったけど、思いつかなくて、だから今日めえめえに会えて運良かった」

「あー、なんかあった気がする」

覚えてる。誘ったのはサブレだけじゃない。しかも一年半くらい前のことだ。まさかあんなのまでお返しをしたい範疇《はんちゅう》に入るとは思いもしなかった。でもそれはサブレが決めることだし、よくやったあの時の俺、というだけだ。

過去の俺がせっかくきっかけを作ってくれたんだから、ほんの少しでも意識してもらえるよう頑張ろう。そう思えば前向きに、ようやく覚悟っぽいものが作られた。

「あ、人が亡くなった話聞きにいくのに運良かったっていうのは、不謹慎すぎるかな？ちょっと言い直しても？」

「うん良いけど」

「めえめえに偶然会えて楽しくなりそう。これなら自分の意思だから、不謹慎なだけより全然良い」

大きな口で表された考え方に、俺の胸から首のあたりまでちりっと、ホッチキスの芯でかゆいところをひっかかれるみたいな痛みが走った。

サブレの話を聞くのが好きだ。知らなかった気持ちや感覚の存在を、自分の中に見つけられるから。

「言い忘れてた。移動結構過酷かも」

「サブレより体力あるから俺は多分大丈夫」

「そりゃそうだ。じゃあ一回、旅程をラインする」

ラインは一回ネットワークを経由する時間だけかかって、すぐに届いた。

「さんきゅっ」

片想いをした覚えのある奴なら、共感してくれるかもしれない。

スマホに旅程が届いた瞬間から、俺はこの予定を突然なかったことにされやしないかと不安になって、そうじゃなくても急にサブレの気分が変わって断られはしないかと勘繰ってしまい、過度の期待をしてはダメだと自分の中だけで、また予防線を張る。この感覚は間違いなく、出発の直前まで続くし、今後、サブレとなんらかの約束をする度、繰り返す。

初めてこれが現実だったと実感するのは、二人で出発した後の話だろう。サブレのたてた移動の計画なんかよりずっと長い一週間を、これから味わうことになる。

だから確定とは思わない方がいい。

けど少なくとも現時点だけの話で言えば、俺に特別な予定が入った。

偶然の再会からまだ数十分しか経っていない。そんな短時間で俺達は、大切な夏休みを使ってわざわざ人の自殺した部屋を見に行こうと決めた。

なんだそれ。せっかくの夏休みに。

「よく考えたらさ、生きるとか死ぬとかの強いエネルギーに触れて、私やめえめえの考え方が何か変わるかもしれないってことだよね。ちょっと緊張してきた」

真に迫った顔でそんなことを言うサブレに対し、俺は「そんなことなかなかないから楽しそうだけどな」なんて笑っておいた。

いいや、一緒にサブレがいてくれるんだから。それだけでいい。

俺の片想いはそういうのだ。


高校に入学してすぐみんなで飯食おうとサブレを誘った件、まあ俺もなんとなく覚えてるくらいの反応をしたのは、ほんとにそれくらいで別に誤魔化《ごまか》したわけじゃない。あの頃のあいつの印象は、本当に強いものじゃなかった。小学校や中学校でも時々見かけた、無口なのになんかそわそわしてるタイプの女子。サブレもそういう奴なんだろうって、入学後一週間で勝手な印象を持った。このタイプの女子は、時間が経てばいじられポジションになるか、面倒見のいい女子に懐かれ、クラスで居場所を作る。そして基本的には大人しくて人見知り。俺はそんな風に決めつけ、一応は親切心で下宿生のご飯会に当時のサブレを誘った。

あの時、「ありがとう」と控えめに笑ったあいつから、人が自殺した場所を見に行こうと誘われるなんて想像できるわけがない。

飯食ったのをきっかけにというわけでもなく、下宿仲間で同じクラスでもあるサブレとは自然に仲良くなった。休みを使って実家には帰らず友達のじいちゃんちに行くことを親に伝えた時、そういう風に関係性を説明したら「そりゃそうだろ」と言われた。確かに、仲良くない奴の親戚んとこ遊びに行ったりしない。一日に一回必ずラインすることと、ご親戚の方達に極力迷惑をかけないこと、後でお礼の品を送るから住所を訊いてくることを約束し、今回の旅の許可を得た。友達が女子であるのとか、自殺の話を訊きにいこうとしてるってのは面倒そうだから言わなかった。

サブレの方は「男手が増えるのはありがたい」的なことを言われたらしい。どういうことか分からず訊いたら、「交通費足りないからじいちゃんの手伝いして稼ぐつもりだったんだ」そうだ。金の問題は実際気になっていて、部活でバイトする暇もない俺に稼ぐあてがあるというならありがたい。体力系なら、まあまあ自信がある。

「めえめえはともかく、私の方が大丈夫か心配になってきたな」

旅の約束をした次の週の夜、駅のマックでサブレが言った。じいちゃんちのバイトについてではなく、これから乗る夜行バスについて。

「めえめえは乗ったことあるんだよね？」

「あるって言っても、部活の遠征だけ。暗かったけど早朝だったし」

しかもその時にはあいにく同行者が男だけだった。だから実は、ちょっと俺も心配だ。

今、俺の隣の席には部活でも使っているエナメルバッグが、サブレの隣にはでかくて黒くて四角いいかにも旅用のリュックが置かれている。バスに乗り込んだら一晩中、鞄の代わりにお互いの体が置かれる。その時間の過ごし方がまだ分かってない。

日が落ちても道中暑かったから注文したバニラ味のシェイクを一口飲む。冷房でキンキンに冷えた店内には似合わない味かも、緊張してる俺にはちょうどよかった。

「でもめえめえには最近の実戦経験があるわけだよ。一方、体力ない私の知識、水曜どうでしょうのみ」

「大泉洋《おおいずみよう》の昔の番組だっけ」

「そう。ネトフリにあってさ、一昨日夜行バスの回を見た。部活ん時は寝てた？」

「帰りは。行きは隣がハンライだったから五時間くらいずっと喋ってたよ」

「そっから、練習とか試合とかするんだよね、すごいな」

今すぐ少しでも体力をつけようと思ったのか、サブレは夕飯のえびフィレオを齧《かじ》る。自分でもネタにしているサブレの大きな口は、パンやレタスを取りこぼさず捕まえた。一口は大きいけど胃袋はさほど大きくないサブレ、えびフィレオをさっさと食べ終わったら、俺のポテトを二、三本摘まんで夕食そのものも終える。事前にサブレからはお返しとしてハイチュウを一個貰った。

そのハイチュウも加えると、俺の持ち物は今、鞄の中に入った四泊分の着替えに充電器、ペットボトルのポカリ、身に着けたTシャツと七分丈ズボン、靴下にスニーカー、あとはスマホと財布。これで全部。

いつもと変わらない服装で来ている俺に対し、サブレも何人かで集まって遊びに行く時と変わらない服装だった。ぶかぶかの黒Tシャツに、目がちかちかする虹みたいなストライプ柄の膝下まであるスカート。スニーカーはこれも結構前から見てるやつ、ギラギラの銀色だ。宇宙人の足か！　と最初に見た時は思ったけど、よく考えたら俺が女子の流行を知らないだけかもしれないので他の奴らの反応を待った。するとサブレの親友認定されているエビナが「ミラーボールか！」と言っていたので、多分俺の感覚はずれていなかった。改めて宇宙人かってツッコんだら、サブレは嬉しそうにしてた。

「そういえば、エビナがめえめえにしくよろっつってた。あ、めんどくさくなるから他には黙ってるよう言ってあるので」

「さんきゅ。エビナなら大丈夫だろ」

友達同士二人で出かけるだけ、なのは事実だとして、俺達にもちゃんと危機感はある。クラスの男女二人で旅行なんて話、目的が何であっても広まらないにこしたことはない。俺ははやし立てられるのが今後の邪魔になりそうで嫌だし、サブレもそういうのを無視できるやつじゃない。もちろん俺の方には、いつか気持ちを伝える意を決した時、周りの空気に流されたと思われたくないってのもある。

「暇ならうちの実家来る？　ってエビナから連絡あってさ、めえめえとうちのじいちゃんち行くの伝えたら、めえめえにしくよろーって。自分で言えばいいのに」

エビナもまた、二年連続同じクラスで下宿仲間だ。なので俺はこいつとも仲がいい。それなのに直接言ってこないあたり、含みを感じる。まさか心を読まれてはいないと思うんだけど。エビナはサブレ以上に一筋縄ではいかない奴だから油断出来ない。気になった下宿生と仲良くなりたい自宅生をサポートし金をとる商売を始めようとして話が漏れ、死ぬほど怒られたのに全く反省してないような、悪い奴だ。

「目的も言った？」

「うん、馬鹿かよめっちゃ楽しそうじゃん、って言ってた。最初の馬鹿かよの意味は全く分かんないけど多分誉め言葉だな」

つまり常識どうこう、みんながどうこうではなく、自分の中で価値をしっかり決めているような奴。だから少し変わった価値観を持つサブレと気が合う。俺としては、自分よりサブレと共感してそうなエビナに対し、羨ましい気持ちと悔しい気持ちがあった。友達で、ライバルみたいな感覚。

時計を見てマックを出たら、外の空気はぬるっとしていた。

俺達はコンビニに寄って飲み物を買いバスターミナルに移動する。夜も遅いのに、何台ものバスが止まっては出発を繰り返すその場所は人で溢れてて、俺達なんかよりずっと荷物の多い人々が疲れた顔でバスを待っていた。

夜行バスの利用者に大人も多いというのは予想外だった。俺達がそうであるみたいに、乗るのは金のない高校生や大学生ばかりで、大人達は当然新幹線なんかを利用するもんだと思ってた。まさかスーツ姿で夜行バスを待っているサラリーマンがいるなんて知らなかった。女も結構いる。

アナウンスを聞き逃さないよう、サブレと会話も控えめに待っていたらすぐ、俺達が乗るバスの呼び出しが開始された。いよいよかと、二人でバスに近づく。電子チケットを持っているのはサブレだ。

客層の他に予想外だったこと、二つ目。部活でのイメージが強すぎたかもしれない。荷物をバスの腹の中に収納してもらい、乗り込み口から一歩踏み入れるとその静けさに驚いた。てっきり仲間内でバスに乗り込んでいる客が多くて、消灯前はがやがやしていると思ってた。さっきバスを待っている間に、消灯後の会話はやめた方がいいらしい、なんてサブレと確認しあってたのがちょっと笑えるくらい、入口からもうぺちゃくちゃ喋れる雰囲気じゃない。

そして出発前のびっくり三つ目、最後これが幸か不幸か一番予想外なことで。

「私の隣の席空いてた」って一週間前に聞いてから俺が想像した、ずっとTシャツの袖が触れ合うような時間や、足が当たらないように気を遣いあう時間は、妄想に終わった。バスの中では、一つ一つの席が独立して三列になっている。

もちろんいったんは残念にも思った。でも実際にはこれで良かった。明日、到着してからもまた移動だ。特に何か出来るわけでもないバス内で緊張し続け疲れ切っても困る。いや別に何しようと思ってたわけじゃないけど。

自分の席に座って、前の席の背中についたドリンクホルダーにコンビニ袋をひっかけた。右隣のサブレを見ると、小物を運ぶウエストポーチの中からペットボトルを取り出しドリンクホルダーに立ててる。目が合った。

「すごい静かだね」

声を潜《ひそ》めるサブレも同じことを思っていた。この妙な緊迫感の中での心細さが一つ薄まる。

「消灯前はもっとがやがやしてるのかと思ってた」

俺も声を潜めた。席が通路を挟んでいるのに、この程度の声で通じる静けさということだ。

「ね。生まれる前、こんなとこにいたのかもって感じがする」

またちょっと変なことをサブレが言い出す。でも少し考えてなるほどと思った。この旅のテーマとかけているんだろうし、サブレが抱く母親の腹の中のイメージがこんななのかもしれない。せまくて薄暗くて、ほとんど灰色だ。

「俺はどっちかというとなんかの生き物に食われた感じ」

「それもあり。どっちも生死の境だ」

サブレが幻想的なことを言ったところで、どっちに転ぶか分からない俺達の運命を決定するみたいに、前方から機械的なドアの閉まる音がした。

運転席からアナウンスが入る。行き先や、休憩場所の告知、注意事項。やっぱり消灯前でも会話は控えてほしいらしい。リクライニングは快適に過ごす為「消灯後はぜひ皆さんおさげになってください」だそうだ。

このアナウンスはバスが止まって人が乗ってくる度に続けられた。周囲に厄介な客が来たらどうしようか心配してたら、俺の左隣にはイヤホンをつけている大学生っぽい男が、後ろには頭にタオルを巻いたガテン系っぽいにいちゃんが乗ってきた。サブレの後ろには運良く、最後の乗り場でも誰も乗ってこなかった。サブレは俺の方を見て両手を合わせて会釈をした。いただきますじゃないだろうから、ご愁傷《しゅうしょう》さまかな。これもこの旅のテーマにかけてるかもしれないけど、本当にそういう意味なら嫌すぎる。きっとそうじゃないことを願い、高速道路に入ってから俺は後ろを振り返った。

「すいません」

初心者なので念のため、言い方も丁寧に。

ガテン系にいちゃんは無視せず、スマホに向けていた目をこっちにくれた。

「消灯したら、下げても大丈夫ですか？」

見た目そのまんま「なめんなガキ」と言われやしないか少しだけひやひやし、そしたら普通にイラッとしてしまいそうな自分のことも心配したけど、にいちゃんは手の平を差し出して「いくらでも」と返してくれた。そしてすぐまたスマホを見始めた。

「ありがとうございます」

礼を言ってなんとなくサブレの方を見る。彼女は唇の両端を思いっきり持ち上げて後ろのにいちゃんを見ていた。視線で感謝の意を表しているのかもしれない。

人が多くなると、その分沈黙が重なって、より喋りにくい雰囲気になっていた。高速道路で外部からの雑音も定まったものだけになり、変な言い方だけど無音みたいだ。

これじゃしばらく一人旅と変わらないな。

サブレはどう思っているのか気になって横を見る。なにやらスマホをせっせとフリックしている。消灯後はスマホの操作も控えめにしてほしいらしいから、今のうちに連絡を処理しているのかもしれない。俺には今のうちに済ませておかなければならない連絡もないけど、なんとなくスマホを見てしまう。

何故か横にいるサブレからラインが来てた。

『音楽のサブスクなに使ってる？』

一回、サブレの横顔を見てから返す。

『アップルミュージック！』

『暇だから、お互いに普段聴いてる曲でプレイリスト作って交換しない？　他に何かやることあったら大丈夫！』

加えてりんごをクマが食べているスタンプ。俺はすぐOKという看板を犬が掲げているスタンプを送り返した。深くは考えず、サブレが最近聴いてる曲がどんなのか興味があった。

すぐにはミュージックのアプリを開かないで、最近自分が何を聴いているかまず思い返す。そして配信されている曲から探してプレイリストに入れていき一覧にして並べ、気づいた。俺、すごい流行《はや》った曲ばっかり聴いてるな。

でも実は別に意外じゃない。普段からそこまで音楽にこだわりがあるわけでもなく、テレビや友達きっかけで知った曲を聴いてみて、気に入ったら繰り返し再生するような感じだ。誰に迷惑もかけていない。でも多分サブレがこの暇つぶしを通して望んだものとは違う。

『ごめんけど、俺の聴いてる曲、有名なのばっかだよ』

ラインをしてみると、すぐ返信があった。

『全然いいよ』

猫がOKサインをしているスタンプがやってくる。どこまで本心かはともかく、少しは安心したところで、引き続きあっちからラインが届いた。

『なんで謝ったの？』

いかにもサブレらしいと思って、ちょっと笑えた。

俺はこのサブレらしさに応えるのが楽しい。でもこのらしさを面倒くさがるやつがいることも知ってる。だから俺は、みんながいる時にサブレがこういう発言をしたら、何げなく話題を微妙にずらしたりする。今はラインの中で俺しかいない、いくらでも話せる。

『サブレが知らないような曲を教えられないかもっていうのが、悪い気した』

『そうかなるほど』

少しだけ間があって、またサブレからラインが届く。

『どんなに有名なものもマイナーなものも、全員好きな部分とか理由って細かく違うと思うんだよね。かっこいいとか感動するって大きな言葉に区切ってるだけで』

区切る。その意味を考えてる間に、またライン。

『めえめえが好きな曲、聴いとくから、明日それぞれ好きな理由教えてよ』

『それじゃあ俺も聴いとくから、サブレの理由も期待してる』

送って横を見ると、サブレはこっちを見て大きな口から歯を見せていた。好きな子が俺の考えを知りたいと思ってくれることも、明日彼女の話をまた聞けることも、サブレの大きな笑顔に見合うくらい嬉しい。

やがて送られてきたプレイリストをずらっと確認しているうちに、消灯のアナウンスが流れた。サブレと小さな声で「また後で」を言い合って、カーテンを閉めリクライニングを下げる。

耳にイヤホンを差してサブレのプレイリストを再生すると、ズーカラデルというバンドの曲が最初に流れた。

長い夜の移動時間は、その曲と一緒に、思ったよりも随分穏やかに始まった。


クラスメイトであり下宿仲間でもあるエビナから「サブレのどこが好きなん?」と訊かれる現実っぽい夢を見ていたところで、バスが休憩のためサービスエリアに停まった。不思議なことに、俺はちょうどサービスエリアの駐車場に着いたその瞬間に起きた。リアルな夢のせいで寝起きとは思えないくらい心拍数が早かった。少し呼吸を整えてから、トイレでも行っとくかと右側のカーテンを開ける。サブレの席のカーテンは既に開いていて、本人もいなかった。起きてたのか。行動が早いな。

中身が残り少しのペットボトルを持ってバスを降りる。深夜なりに当然気温は下がっているものの、空気は相変わらずぬるっとしてた。バスから離れ、伸びをして空を見たら、日常と切り離された場所に立っているのを強く感じた。駐車場には他のバスや車もいくつか止まっていて、思ったよりも人影があった。

ごみを捨てトイレから出てすぐそこの自販機でペットボトルのお茶を買う。サブレがいないか探すと、個性的な服装で暗くてもすぐ分かった。でっかい地図の看板を眺め、両腕を広げて伸びをしてる。

「お疲れ」

近づいて声をかけたら、サブレの後頭部の髪がピンとはねていた。なかなか見られない、ちゃんとした寝ぐせだ。

「久しぶり、めえめえ」

サブレは体ごとこちらに振り返って、俺と目を合わせる。

隣の席にいるのに姿は見えず、存在を意識だけちゃんとしていたから、より印象が濃く感じられた。炎天下でランニング中に、スポーツドリンクの味を思い浮かべるみたいなことだと思う。

俺はサブレの見た目が好きだ。

もちろんそれ以外に理由もきっかけもちゃんとある。けど、外見も好きな部分の一つだ、と、ここにいない友達に回答する。

みんなから見て顔がめちゃくちゃ可愛いとか、スタイルがすごくいいとか、胸がでかいとか、服の着方がめっちゃおしゃれってわけではないと思う。サブレには悪い、でもそういうのとは違う。

愛嬌《あいきょう》のある顔と細身の体型、ちょっと奇抜な服装、それから色素の薄い肌も、それらを組み合わせたバランスが、ぴったり俺の気になる形なんだと思う。入学当初そう感じなかったから、俺が好きだと自覚する時までに、サブレの見た目かもしくは俺の好みが少し変化したのかもしれない。

夜中に好きなものを見られて、単純な俺は気力体力が回復していく気がした。

「サブレ、一か所すごいはねてる」

「お？　ほんとだ、いいか。明日直そう。めえめえは、大丈夫そう」

サブレも俺の髪の毛をチェックし、合格を出してくれた。

見られている間、サブレは俺の外見をどう思ってるんだろうと急に、いや実はずっと薄くは気になってたけど、まあそんなこと訊けるわけない。基本的には友達だ。見た目は関係ない。そういえばクラスの奴らから一回だけ、パーマなくして鍛えて焼けた星野源《ほしのげん》だって言われたことがある。それはもう多分星野源じゃない。

「寝られないかもって言っときながら思ったより寝てた。めえめえは？」

「俺も、熟睡って感じではなかったけど」

夢を見ている時、人は深く眠ってないんだってなんかで見た。

「深夜のサービスエリアってこんな良い雰囲気なんだね。せっかく寝てたのに、テンションあがってきちゃった」

「分かる。なんか、すごい非日常感ある」

「ね、冒険が始まったって感じがするし、もうここ以外滅びちゃったような気もする。一人じゃなくてよかったよ、この盛り上がった気持ちをすぐ喋れる」

「サブレなら一人でも盛り上がってそう」

「めえめえいなかったら、エビナにラインして面倒くさがられてたかもしれん。楽しいとってすぐ伝えたくなるからな私。だからあの子の代わりにありがとう」

「あいつが言えよ」

　時間帯と暗さ、それから体の奥でジンと残っている眠気に合わせて控えめに笑う。こうやったら寝やすい、とか、有益な意見交換が出来ればよかったんだろうけど、二人とも地図を見て、まだここかなんて適当なことを言っていたら出発時間が来てしまった。バスに戻って椅子に座ってからようやく、何か意味のあることをサブレに言えればよかったのにと思った。

　再び出発して、次の休憩場所で伝えたいことを考えていると、今度はなかなか眠れなくなってしまった。今の姿勢が眠りの邪魔をしているように感じ、体を微妙に動かしてみるとやがて落ち着く恰好を見つける。でもまたこの姿勢にも体が飽きてしまって、わずかに体勢を変えつつ正しい置き方を見つけようとする。こんなことを繰り返しているうち、すぐに一時間が経つ。サブレの言ってたことを思い出した。うぞうぞと卵の中で生まれるのを待っている生き物はこんな感じなのかもしれない。椅子と椅子の間、カーテンとカーテンの間、殻に閉じ込められてるみたいだ。少し、孤独みたいな感じがする。

サブレがすぐそこにいるのに、話しかけることは出来ない。もう寝たのかな。

ゆっくり寝ていてほしい気持ちもあるし、眠れないなと一緒に悩んでいたいような気持ちもあった。

確認は出来ないので、せめてサブレが頭の中や、もしくは夢の中で聴いているかもしれない曲達を、俺も聴くことにした。奇跡でも起これば共有できるかもしれない。どうせやることはないんだから。

三曲目くらいまでは記憶にある。

サブレの選曲が眠らせてくれた。つまらなかったという意味じゃなくて。穏やかな曲調や、ピアノを使ったものが多かった。

起きたのは、また休憩でサービスエリアに着いたタイミングだ。伸びがしたくてカーテンを開けると、サブレの席は閉まっていた。かすかに聞こえるのが寝息か、バスの音か、寝ぼけた頭にはっきりしなかった。

外に出ると、空がうっすら明るくなり始めていた。そして北上してきた分、しっかり気温が下がっている。前のサービスエリアより駐車場に人影は少なく、車やトラックは多かった。

思いっきり背筋を伸ばして屈伸をした。一応トイレにも行った。

サブレが出てきているかなと駐車場を見回した後、土産屋とフードコートのようなスペースも確認したけどいなかった。まあちゃんとがっかりはして、建物から出た。外壁の端っこに自動販売機が並んでいるのを見つけ、コーヒーでも買おうと思い立つ。

そっちには小さな喫煙所もあった。遠くから喫煙所だとすぐ分からなかったのは、ほとんど吹き曝しで灰皿が置いてあるだけだったからだ。人が輪になっているだけのように見えた。

近づくと数人の中に、後ろの席のガテン系にいちゃんもいた。駐車場の一点を見つめている。何かあるのか、つい、俺も立ち止まって同じ方向を見てしまった。でも特に何もなく、なんだよ、と戻した目が、にいちゃんと合う。

別にこっちが悪いわけでもない、すぐ目を逸らすのも変だ。俺は学校内で保護者とすれ違った時のように軽く会釈をする。どうせ無視されるか、よくて手で返事をされるくらいだと思ってた。

なのにガテン系にいちゃんは、まだ残ってた煙草《たばこ》を灰皿に捨てて、こっちに向かってきた。なんでだ。

「高校生？」

「う、はい」

まさかカツアゲの類じゃないだろうな。

中学に入って背が伸びて以来、部活で体もある程度ごつくなってきた自分は絡まれるようなタイプじゃないと思っていたから、ちょっと日和《ひよ》った。

「夏休みの旅行かあ。いいなあ」

ひょっとしてリクライニングの時、丁寧に断りすぎたのが良くなかっただろうか。下手に出過ぎて舐められたのかも。ちょっと後悔していると、にいちゃんは俺の胸倉を摑んだりせず、体の向きを変えた。

そして自動販売機を指さした。

「コーヒー飲める？」

甘いのがいい？　微糖？　ホット？　アイス？　いくつかの質問を受け成り行きに任せて答えていたら、すぐ俺の手に一本の缶コーヒーが握らされた。そして、数秒後にはもう一本。

「彼女の分。好きじゃなかったら、自分で飲んだらいいよ」

「これ」

「奢《おご》り。たまたま乗り合わせた高校生達に大人から」

ガテン系にいちゃんの行動の理由はよく分からなかった。でも年上から奢られる時に遠慮してはダメだと、部活で先輩から教わっている。

「ありがとうございます、いただきます」

正直サブレの分を受け取るべきかは悩んだけど、俺が処理しておくのが一番簡単だ。にいちゃんはもう一本缶コーヒーを買っていた。自分のだろう。

俺はコーヒーのプルトップを開けて、一口飲んだ。冷たくて、微糖。喉が渇いていたのもあるし、礼を言う以外に何をすべきかと言えば、やっぱり「うまいです」と伝えるべきだろうと考えてそうした。

「夜行バスよく乗る？」

「いや、今日初めてで。えっと、仕事ですか？」

「いいや」

ガテン系と思っていたのがそのまま言葉になっただけの質問に、にいちゃんは首を横に振った。よく顔を見ると、にいちゃん、というような年ではないのかもしれない。俺らよりちょっと上の人間が、こんなすんなり初対面の高校生にコーヒー奢ったりするとも思えない。

「地元にいる親父の体調が急に悪くなって、呼び出されたんだ。こんな慌てて夜行バスに飛び乗ったの初めてだな」

「それは」

適切な言葉が思い浮かばなかった。ご愁傷さまですは絶対違う。お悔やみ申し上げますも違う。お見舞い申し上げますとかだろうか。

「悪い悪い、楽しい夏休み旅行中に、こんな話して」

「いえ」

「行くか」

にいちゃんは腕時計を見て言った。休憩時間は短い。俺がちゃんとした返事を思いつくまで待ってはくれなかった。

バスのところまで特には何も喋らず一緒に歩いて、着く直前でにいちゃんに改めて会釈をした。

「コーヒーほんとありがとうございました」

「いや」

それで終わりかと思ったら、咳か噴き出したのか、そのちょうど中間くらいの音の後に言葉が続いた。

「実は、誰かに親切にしたら、ちょっとくらいそれが報われて間に合ったりすんのかなって。だから、気にしないでくれ」

俺の返事なんか待たず、コーヒーを奢ってくれたにいちゃんはバスに乗り込んでしまった。

どう受け止めればよかったのか、考えて立ち止まっていたら、後ろから来た乗客に先を越された。俺も我に返ってバスに乗りこむ。自分の後ろの席のカーテンは閉まっていた。右隣の席も。

座って、俺もカーテンを閉める。そうして控えめなアナウンスと共に扉の閉まる音がした。またバスが発車する。

背もたれに体が押しつけられるのを感じながら、俺はさっき言われたことを繰り返し頭の中で考えた。

不謹慎だけど、ひょっとしたら貴重でいい話を聞いたのかもしれないと、思った。

後でサブレにも話してみよう。

悲しいだけより、全然いいはずだ。

俺はサブレへと貰った缶コーヒーをドリンクホルダーに立てた。

次に俺が起きた時には、もう後ろの席のにいちゃんはいなかった。


ＪＲの駅前で降ろされて、それぞれの荷物を受け取る。夜通し動いてたバスが眠たそうに去っていくのを見送ったら、サブレは体ごとこっちを向いた。

「やーっと着いた。長かったー」

「後半ずっと寝てただろっ」

「ワープ使っても長かった。めえめえ寝てなかった？」

「ちょくちょく起きてたよ、ちょっと後で話したいエピソード出来た」

積もる話はある。でもまずは二人で事前に調べた第一の目的地へ移動だ。

この駅自体は、そんなに大きくもないし栄えてもいないように見える。ただ俺達みたいな旅行者にとってはありがたく、徒歩五分の位置に温泉施設があった。ビジネスホテルにスーパー銭湯がくっついたような場所で、朝から日帰り利用ができる。そこで風呂に入ろうと決めていた。

「涼しいなー」

「八度くらい違うらしいよ」

遠い土地に立っているんだなと、気温が実感させてくれた。太陽とか、地面のコンクリートとか、当たり前だけどバスの中とかはどんだけ距離を移動してもそのままだった。

スマホに従い歩いていけば、大通り沿いにその建物があった。事前にグーグルアースで見た通り、入口近くには脳が温泉になったようなちょっと怖いキャラクターのイラストもいる。

館内は部活の遠征時にみんなで行ったことがある感じの、いかにもなスーパー銭湯だった。

「こういうとこ、子どもの頃に家族で来て以来だ」

家族の次、という些細な順番まで嬉しがれるのはいいことだよな。

靴箱に靴を預け、受付でそれぞれ四百五十円を払う。バイトしてない俺らからしたらちょっとするけど、宿代だと考えたらまあ。タオルとか色々借りて、受付のおばちゃんから指示された通り近くの階段を上って二階に向かう。踏む度ぎゅっと音のなりそうな絨毯の床が気持ちいい。

「じゃ、申し訳ないけど私、髪乾かすのとかめえめえよりかかるからゆっくりしてて！」

「おう、長風呂するー」

別れてロッカールームに入りすぐ、服を脱いだ。長い時間同じ体勢でいたから体が固まっている。腕を伸ばしながら浴場のガラス戸を開けた。

朝風呂は気持ちよかった。下宿で共同浴場に入れる時間は夕方からと決まっていて、こんな時間に入浴出来るのは珍しい。サブレに言った通りゆっくり足を伸ばし、せっかくだからサウナにも入った。

それでも、一階にある涼む為のスペースに移動するのは俺の方が早かった。ペットボトルのアクエリアスを買って、空いていたテーブル席に座る。

肘のかさぶたがふやけて白くなってるのを眺めるくらい暇だったのでスマホを見ると、エビナからよくないラインが来ていた。

『いったん、こらえたんだけどさ』『やっぱ言うわ』『お前、サブレのこと好きなん？』

既読をつけてしまったのがほんとによくない。誰だこんな機能思いついたやつ。

既読無視はないし、考えなしに認めるのもない。選択肢は一つしかない。

『は？』

すぐに既読がついた。

『サブレの地元付いていってんだよね？』

『じいちゃんちな。地元とは違う』

『どっちにしろ同じだわ。お前、好きなん？』

別に、ここではっきり否定したらしたで、そうかそうかと収まる可能性はある。気持ちの証明なんて、俺が言わなけりゃ誰が出来るもんでもないし。けどもし俺が行動を起こした時、エビナからずっと白い目で見られるのはあんまりよくない。サブレとそうであるみたいに、エビナとも俺は仲がいい。二人称がお前、なくらい。

ちょっと考えてる間に追撃がきた。

『いやどっちでもいいんだよ。私、友達の恋愛とかほんとはマジで興味ないから』

エビナはそういう奴。

『でもなんか間違ってお前ら険悪になるのはくそだるい』

そういう奴。

『だからもし告白すんならサブレ堕《お》とす相談くらいのってやる』

よく悪びれずに言えるな、と思うエビナの名言がある。

「自分の利益にならないなら、人助けは一切しない」

今回もその考えにちゃんと従っての行動だ。恋愛については知らん。でも仲良い奴らの関係性が崩れると居心地悪くなるから行動する。

頷くのも、違うというのも今すぐ答えが出せることじゃない。だから犬が寝ているスタンプを送る。そしたら、殺すぞ、とキリンが吹き出しで言ってる画像がすぐ送られてくる。どう検索して出た画像なんだよ。

「お待たせっ」

「俺も今」

「あーそーよかった」

女子の湯上り姿を見られて嬉しい、みたいな描写が漫画とかにあると思う。俺達下宿生には残念ながらその感動がない。正しくは、なくなった。試験前に食堂のスペースを使ってみんなで自習会を開く時や、年に数回三年生が企画するクリスマスなどのイベントを夜に開く時、普通に見られるからだ。寝起き姿もまた同じで、だから今日の朝サブレの半分目が閉じた顔を見ても非日常感を味わったりは出来なかった。

下宿仲間は友達ってところから一歩だけ、家族に関係性が踏み込んでる。だから今回サブレが俺を誘いやすかったのもあると思う。俺のことが実は好きでとか、そういう期待は持つもんじゃない。

カラフルなスカートはそのまま、サブレのTシャツが黒からピンクになっていた。あと首からオレンジ色のタオルをかけている。俺はズボンは同じでTシャツとパンツを替えた。どっちも黒から黒だ。

「女湯、小さい子が走って転んで泣き叫んでて一時騒然となってた」

急なサブレの報告に、少しぞわっとする。

「え、それ大丈夫か?」

「うん。頭とかは打ってなかったみたい。お母さん大変だなって思った。自分の命と同じくらい大切な命が、他の意思で勝手に動いていっちゃうってことだよね」

すごい言い方だなと思うけど、考えてみれば確かにそういうことだ。

「まあ弱点っていうか、的っていうか、増えるってことだもんな」

サブレが目をむいて俺の顔を見る。

「的ってすごい言い方」

「え？　そう？」

イメージをただ口にした。

「でも考えてみると、確かにそういうことだよね。命はこの世界から狙われてる的だ。守ってやりたくなる言い方だなあ」

不謹慎に言葉を間違ったかと思いひやりとしたのを、サブレの共感が打ち消してくれた。

親子の話が出たから、例のエピソードトークをするにはちょうどいい流れだった。けど、あいにくサブレが席を立った。近くにあった自動販売機でコーヒー牛乳を買って戻ってくる。

「あ、美味《うま》いっ！　様式美ってだけじゃないんだね、風呂上りのコーヒー牛乳美味い」

「様式美って、お約束みたいな？」

「そうそう、ドラマとか映画で銭湯かけるコーヒー牛乳なのは、一種の儀式だと思ってた」

「俺も買ってこよ」

立ち上がり、サブレと同じ自販機で同じものを買った。ビニールと蓋をゴミ箱に捨てて席に戻る。俺は風呂上りのコーヒー牛乳の美味さを知ってる。でも飲んでみると、いつもより少しだけ味が濃いような気がした。

「そういえば」

喋る内容を用意してたと思われたら意気込んでいるようで恥ずかしい。だから、そういえばって、つける。

「さっき言った話したいエピソードも親子の話」

「おう、うんうん」

「バスで俺の後ろにガテン系のにいちゃんいたろ？」

「あの人そうなんだ、ラーメン屋かと思ってた」

「その可能性もある」

俺もサブレも頭タオルと武骨そうな雰囲気で判断してるだけだ。真実は分からない。し、別にどっちでもいい。

「サブレが寝てた時に、サービスエリアでちょっと話したんだ。そこで俺、コーヒー奢ってもらってさ。ごちそうさまですって言ったら、父親が急に体調崩したんだけど人に親切したら報われて間に合うかもしれないって、言われた」

「ほー」

サブレは感心したように声を出し、それから何か考えるようにじっと目の前のコーヒー牛乳の瓶を見つめた。ように、というか、考えてる。よく見る顔だ。

サブレが考えごとをしている隙に、鞄からあの缶コーヒーを取り出して渡す時間は十分にあった。けど、しなかった。実はこれから渡すつもりもない。

「そんなことあるのかな」

「願掛け的な、な」

「めえめえは言われてどう思った？」

俺はサブレの顔を見ながら考える。

「俺達も、試合前とかめっちゃ遠い神社まで走らされてお詣りしてさ、普通に負ける時ある。だから俺が親切にされても、関係ないと思う」

「確かに、情けは人の為ならずっていうのはあるにしても、そんな早く巡ってこないだろうしね」

「そうそう。でも、神社行ったのとは関係なく試合に勝ちたいのと同じで、関係なくてもあのにいちゃんが間に合ったらいいなとは思う」

「めえめえ良いこと言う」

片想い相手が遠くにいる人じゃなくてよかったと思うのは、こんな時、顔を正面から見て話せるからだ。

大きな口の端が持ち上がる瞬間、一番良い顔になる好きな子を近くで見られる。

「サブレはどう思ってんの？」

彼女は答える前にコーヒー牛乳を一口飲んだ。

「私はめえめえと方向違うんだけど、そんな重大なこと担わされてもって、思ったかなあ。

もしこれから万が一、あの人が間に合わなかったって何かで知った時に、めえめえが気にするんじゃないかって、それもちょっと心配で」

つまり、サブレなら気にするってことなんだろう。らしい。

「俺はそんな繊細じゃないから大丈夫。別に誰でも良かったんだろうし」

「だったら余計、親切する相手に伝えなくていいよね、って思う。いや、どうだろう、同じ立場だったら私も言っちゃうのかな。私の人に対する想像力が足りないだけなのかもしれない。んー」

天井を見上げ、誰に伝えるでもなくサブレは唸り、悩む。さっきの良い笑顔はもうどこかに行った。

これもサブレらしさで、彼女は自分から生まれる考え方や発言について、時々一人で勝手に悩んだり落ち込んだりしている。自分の考えに正しさはあるのか、とか、自分は冷たい人間なんじゃないか、とか。

少なくとも、冷たい奴が自分の冷たさを気にしたりしないから大丈夫だ。エビナが全くしてないみたいに。

「まだ俺らに分かんないだけな気がする。にいちゃんっつっても結構年いってたみたいだし」

「そうなんだ。そうかな」

「これから親戚の話聞いたら、この話についても、なんか分かるかもしれないし」

「そうだね。考えてくしかないか」

うん、と強く頷くサブレ。この顔もたまに見る。無理矢理覚悟を決めにいくような、サブレがする良い顔の一つだと思う。

でもどっちかっていうと、やっぱり笑顔の方が好きだ。

「朝飯、何喰おうか」

「そうだめちゃくちゃお腹空いてたんだった。めえめえ良いタイミングで言う」

笑ってくれたサブレが、そんなに単純なやつじゃないことくらい分かってる。楽しそうに朝ごはんの話をし始めたからと言って、さっきの唸りを忘れたわけじゃないのは知ってる。


これはあくまで俺のイメージなんだけど。

サブレは自分で頭の中の荷物をどんどん増やしてしまう。

自分自身だけでもそういう性分なんだ。

なら当然、俺が余計なものは持たせるわけにはいかないだろ。

もしも、サブレが他の誰かみたいに単純だったら、俺は今すぐにでもにいちゃんから預かった缶コーヒーを渡して、自分の荷物を軽くする。渡さないのは、間違っても好きな子に対する意地悪だとか、そういう子どもじみた理由じゃない。

サブレの心に解消しようのないひっかかりを残したくない。だからこれを渡すのはまだまだ後でいい。自己満足だけど、俺が彼女の為に出来る、数少ない特別なことだと思ってる。

だったらやっぱり親切や気遣い、思いやりの理由は、受け取る側に伝えるべきじゃないのかもしれない。

俺はサブレに共感し、あのにいちゃんの行動は正しいのか、改めて考えてみた。


駅近くに朝から営業してるラーメン屋があった。サブレも俺も、起きてすぐラーメンを食べられる。三十分に一回の発車時刻に間に合うよう、少し急ぎ目で麺をすすって、水色の電車に飛び乗った。

車内はガラガラだった。夏休み中だというのが関係あるのか、小さい子ども連れの家族が二組いる。俺達は乗り込んだ出入口のすぐそば、人一人ぶんくらいの間を開けて座った。

「改めて朝から大満足の一品だったのう」

「なっ。大盛りにすりゃよかった」

「じいちゃんが昼ご飯張り切ってると思うから、空けといた方がいいよ。今回のめえめえの役目は私の分もご飯を残さず食べることにあると言って過言ではない」

「部活で先輩からやらやらされるやつだそれ」

これから会うサブレのじいちゃんは、彼女の母親の父親にあたる。なんでもサブレの母方の親戚は女ばっかりだそうで、たくさんいるいとこの中に男は一人だけらしい。サブレが俺を連れて行くことを伝えたら、じいちゃんは腹いっぱい食わせてやろうと息巻いていたのだとか。

大切な孫が、友達とは言え男を連れてくる心境について少しビビってたけど、それを聞いて安心した。じいちゃんばあちゃんが飯食わせて来るのは俺んとこでも一緒だ。

電車が移動して駅から離れていくにつれ、景色の様子もどんどん移り変わっていく。田舎だなあ、と素直な感想を持っていたところに、隣からも素直な感想が聞こえた。

「めぇめぇ服、真っ黒だな」

「今更？」

「黒羊だな、おいっ」

「うるせえお前は銀鳩だろ」

「手品で出てくるやつ」

並んだら確かに、今の俺とサブレの服装は地味さと派手さがより目立つ。逆にそういうコーディネートみたいで恥ずかしくなってきた。

「黒ばっかりじゃないけど、サブレみたいに派手なのは持ってないな。シルバーとかレインボーとか」

「カラフルなのが好きだからな、でもこれは虹じゃない」

サブレは、太もものあたりで余っていたスカートの生地を摘まんだ。赤オレンジ黄色、と虹に使われているような色が並んでいるそういうのは、レインボーじゃダメなんだろか。

他に専用の呼び方があるのか？　ファッション用語は分からない。

「ほら、色ごとを区切るのに線入ってる。だから虹じゃない。虹は色がもっと曖昧《あいまい》で、グラデーションになってるから」

「細かいな！　そんなこだわりあるのか」

「あるんだなあ。私、あの有名な話大好きなんだ、虹は七色じゃないっていうやつ」

「もっと多いってこと？」

「多くもあるし、少なくもある」

なんかまたサブレが小難しいことを言い出した。有名と彼女が言うそんな話を、少なくとも別の友達とか家族の誰かがしているのは聞いたことがない。サブレっぽい話の入りに興味がわく。

「日本では虹を七色だって言うけど、国や文化や言語の違いで、虹は八色だって地域もあれば、六色だって人もいて、二色ってところもあるらしいよ。実際には、グラデーションで徐々に変わっていく色の種類は数えられなくて、それを見た人がどこに住んでるか、何語を使ってるか、どう教わって来たかで、自分なりに何種類の色か決めてるだけらしい。だから、きちんと色が切り替わってるこのカラフルなスカートより、このTシャツのピンクとか、銀色の方が虹に近いかもしれない」

「なるほど、じゃあ全部の色ほとんど混ざってても、虹色に見えたりする人いるのかな」

「そうだね、それも個人個人が感覚で決めるから。実際には光を混ぜると白らしい。さっきも言ったみたいにこの話、すごい好きなんだ。なんでも自分で決めて良いって感じがしてさ、自由な気持ちになれる」

空飛ぶ鳥からあだ名をつけられてる彼女に、よく似合う話だ。俺にとってはこれから虹を見る度に今のことを思い出せるわけで、かなり得した気分。

ただ、サブレから聞いた話を元に虹を想像してみると、俺の中で彼女が言うのとはまた違うイメージが浮かんできた。

「たくさんの色に見える場所で生まれた子どもは大変だな。絵で描く時めちゃくちゃ色使わなくちゃいけなくて」

「それはそれで楽しいんじゃない？」

「絵が好きだったらいいけど、嫌いだったら、虹は綺麗とかじゃなくて、めちゃくちゃしんどいもんって思いそう。何色《なんしょく》でも虹なんだって最初からみんなに教えてほしいよな」

サブレはパシッと自分の膝を叩いた。

「めえめえ良いこと言う」

「お、褒められた」

今回たまたま俺が反応しただけで、サブレはよく人を褒める。

「その視点は考えたことなかった。自由だっていうのも、なかなか取り扱いが難しいなあ」

自由の取り扱い。空を飛ぶための羽が生えてきたら嬉しいけど日常生活では邪魔だ、みたいなことかな。

「でも自由の方がいいな」

「うん、自由の方がいい」

少なくとも、そこから黙って二人、同時に窓からの風景を眺めた数秒は、とても自由な気持ちを俺の中に生んだ。

この電車での移動時間は基本的にゆったりしていた。人も少ないし、途中には海なんかも見えたりして、ずっと乗っていてもいいくらいだった。実際には夜行バスに比べたら遥かに短く約四十分。昨日のプレイリストについてとか、とりとめもなく、しかし俺にとっては一言一言大事なお喋りをしているうち、サブレのじいちゃんちの最寄り駅にすぐついた。

最寄り、とはいえ都会とは違う。目的地までは、改札を抜けてここから徒歩また四十分。そっち方面に向かうバスはない。タクシーに乗る金も残念ながらない。

「迎えに来てもらっても良かったけど、午前中は釣り友達と集まってお茶するらしいから、そっち行ってもらった」

「いいよ全然歩ける」

そんな会話を出発前にした。俺は大抵の距離は大丈夫。サブレがいるなら特に。

駅前はめちゃくちゃ広々としてる。つまり何もないってことだ。サブレに先導してもらい、言われた通りの方向に歩く。多分何かの会社だと思う四角い建物がまばらに並ぶ中、寿司屋がぽつんと営業していた。何故コンビニがなくて寿司屋があるんだろう。よっぽど美味いのかもしれない。

高い建物はもちろんないので、空だって広い。

「雨降ってなくてよかったな」

「ねーほんとに」

思ったことを普通に言ったら、前を行くサブレが大きく賛同してくれた。

「こんないい天気のある場所で、家族もいる大人がどういうふうに自殺を思い立つんだろう」

「おお」

すぐに上手く反応できなかった。突然話題がそっちにいった驚きと同じくらい、サブレが天気を場所ごとにあるものだと言ったことへ感心もあった。

「サブレの、予想は？」

「色々可能性はあるだろうけど、どれも死ぬっていう最後の決断に至るほどなのか分からないから、そこを聞きたいかな。案外、理由なんてないかもしれないし。めえめえは予想ある？」

「俺は、リストラとかかなって思ってたぐらい」

サブレに比べて自分の考えがだいぶ浅はかに思え、話題を変える。

「明日行く親戚んちもこの近くなんだっけ？」

「いや元の駅の方に戻る。ちなみに、じいちゃんの妹の娘の旦那さんね、亡くなったのは」

「遠いなー」

「遠いだろー。二回しか会ったことない。そのうち一回は私まだ赤ちゃんだった」

じいちゃんの仲介があるとはいえ、よくそんな関係性で旦那の自殺の話を聞きたいなんて受け入れてくれたな。その俺の疑問を読んだわけない、ことも、サブレならないかもしれない。理由を説明してくれた。

「授業に必要って言ってる」

「めちゃくちゃ嘘じゃねえか」

すぎて笑ってしまう。

「まあそこは方便ってことで。じいちゃん伝いに連絡先教えてもらって、メールでお願いしたら、悲しい出来事でも役に立つなら是非、だってさ。それもただ受けてもいいって感じじゃなくて、なんていうかちょっと、あくまで私の感覚ね。前のめりだった」

身内の死を語ることに前のめり？　サブレの鋭く細かい感覚ならあってそうだけど、あってたとしたらどういうことだろう。

「悲しいだけじゃない方がいいって、サブレが言ってたみたいに、死を無駄にしない方がいいみたいな感じなのかな」

「私も最初はそう思った。これまだちゃんと説明出来なくてさ。なんとなくの予想はある。それでも言っていい？」

もちろん、俺はサブレの話を聞きたいからいつも頷く。加えて。

「もし俺が自分の言いたいことちゃんと説明出来るまで置いとこうと思ったら、ほぼ喋れないぞ」

笑ってサブレは「んなことないと思うけど」と補ってくれる。

「じゃあ言おう。私は、その奥さんが、ただ話したいんじゃないかなって思ってる。それは、ひょっとしたら、衝撃的なラストの映画の感想を誰かに話したいみたいに、かもしれない。でもその理由は説明できない」

サブレが摑み切れないいんだから、もちろん聞いたばっかりの俺も意味や理由は摑めなかった。映画のラストを話したいのは、誰かと驚きや感動を共有したい気持ちだ。身内の死は他人と共有出来ない。距離が違いすぎる。どういう意味だろ。

俺にちゃんと摑めたのは一つだけ。

「その話、本人にはしない方が良さそうだけど」

「まさか言わないって。話聞きに行くのに、あなたが喋りたいんですよね？　はさすがに煽りすぎでビンタ食らうよ。今のところただ十六年しか生きてない高校生の勝手な想像」

「誕生日いつだっけ」

「九月っ」

「訊いてみたけど十七歳になったところでだな」

「個人での贈り物も受け付けているので」

「気がむいたらなー」

「どうやら気がむく言い方じゃないなあ」

残念ながら、だいぶ前から気がむいてる。

話の流れ上なんとなく訊いただけで、誕生日は元から知ってた。プレゼントについてサブレから言い出してくれたのは思わぬ幸運だった。これで前振りになったから、俺個人としても今日話したことを理由に渡しやすい。

個人というのはつまり、俺達の下宿では同じクラスの下宿仲間が誕生日を迎えた際、他のメンバーがお金を出し合ってプレゼントを用意する慣習があるということだ。俺も六月に、ちょっといいタオルを皆から貰った。可愛い羊柄で若干使いにくい。

サブレをあまり悩ませない何か分かりやすいプレゼントを考えながら、歩くことにした。小さい電器屋とか郵便局を通り過ぎて真っすぐいくと、やがて大通りに出る。サブレ曰く「私が調べたところ、この先なんっにもない」らしくて、俺達は少し目的地までの道を逸れ、コンビニに寄る。

大通り沿いにあったそのファミリーマートは、妙に駐車場が広かった。ほんのり冷房の効いた店内でそれぞれに分かれて買い物をしていたら、歯ブラシと三ツ矢サイダーを持った俺のところに、なんでかサブレが駆け寄ってきた。彼女の手にはライチ味のジュースと、詳しくは知らない化粧に必要なんだろう瓶が握られてる。

「ちょっとこっち来て」

誘われるまま連れて行かれたのはスナックコーナーだ。サブレが鼻息荒く指さしたところを見ると、値札はあるのに商品がなかった。

「ピスタチオだけ売り切れるってある？」

間近で見せられた真面目な顔に笑う。

「よかったじゃん仲間がいて」

「めえめえそんな前向きに生きてんのかよ。私、好きなもの同じだけで仲間とは思わないんだけどっ」

「ピスタチオ味のチョコとかは？」

「私が好きなのはピスタチオ味じゃなくてピスタチオなんだよな。あの殻がついてるのも好き」

「今度一緒に食う時あったら殻は渡すよ」

「そういう意味じゃねえ」

残念がっていたサブレ、しかし無いものは仕方ないので大人しくレジに向かう。諦めきれない様子でレジ前コーナーにピスタチオが移動されてやしないかサブレはちらちらそっちを見ていた、けれど残念ながらこの店でピックアップして売ってる様子はなかった。

コンビニを出て、二人でそれぞれ買ったジュースを一口ずつ飲んだ。好物の件は気を取り直すことに決めたみたいで、サブレはこれから行く先を指さす。

「それでは後半戦いってみようか」

先頭を行くこの旅のリーダーについて歩いていけばすぐ、サブレの調べたところが正しかったと分かった。

アスファルトが続く道の先には、本当になんにもなかった。もちろん民家や畑やトタンで作られた物置らしい建物くらいはある。その中に、俺達が立ち寄れるようなものはなんにもない。年取ったじいちゃんが一人でこんなとこ住んでて大丈夫なのか？　と少し心配になってきた。もっと利便性のいいとこの方がよくないか。

俺が生まれた地元も、今住んでる下宿の周りも都会ってほどじゃないけど、こんなに何もない場所じゃない。テレビで見るような田舎の風景の中を自分の足で歩いているのが新鮮だった。

しばらくすると、川沿いに出た。文字通り沿って歩いていく。太陽を反射し輝く水の流れを眺めながら、短い橋を渡った先に、ぽつりぽつり民家が立っていた。いかにも田舎にありそうな日本家屋ってわけじゃなくて、わりに新しく見える一軒家がいくつか。

「あれ」

サブレが指さしたどれなのか、まだ距離が遠くて分からない。

舗装《ほそう》するのに途中で飽きたみたいな砂利道を踏みしめ、徐々に近づいていく。どうやら、えんじ色の壁をしたのがそれだった。広い庭というか線引きされた陣地？　みたいなものの枠内に家の本体があって、横に物置と扉の開いた車庫もあり、中には車が止まっている。塀や柵がないから、ここに建物だけ浮いてるみたいな異物感がある。何故か砂利道から玄関前の短い階段まで、地面すれすれのところに二本の細いロープがひかれていた。

「まだじいちゃん帰ってきてないな」

「車あるのに？」

「じいちゃん夏場はバイク移動だから」

「いかついな」

　バイクを乗り回すじいちゃん、というのは自分のイメージするじいちゃん像にはなかった。うちのじいちゃんはたまに軽く山登りに行くくらいで、あとは大体自分ちのリビングに座ってる。

「体にガタが来始めてるらしくて、ちょっと心配なんだよね」

「そんな時に来てよかったのか今さらすぎるけど」

「だからこそ、めえめえの労働力がいるんじゃない？　そうそう、右から二番目の鉢植えの下」

　暗号みたいなことを言い出して、サブレは言った通りの鉢植えを持ち上げた。なんとなく予想がついたとおり、砂で汚れた鍵を拾い上げ俺に見せてくる。サブレの爪は健康的な色をしてた。

「ほれ」

「わざわざこんなとこまで空き巣に来ないんだろな」

「つってた」

　サブレは物置横の蛇口から出した水で鍵を洗い、早速たった二段の階段を上って人んちの鍵穴を回す。

中に入ると、線香の匂いがした。そこは俺のイメージ通りのじいちゃんちだ。けど外観通り内装もかなり新しく、フローリングなんかピカピカ。じいちゃんばあちゃんの家は基本的に床が茶色くてギシギシ言うと思ってた。どうやらうちがそうってだけらしい。あとは子どもの頃見てたドラえもんの影響かも。

玄関から真っすぐ続く廊下の途中にドアの閉じた部屋とトイレがあって、洗面所もあった。階段横のドアを開けると、広いリビングだ。整頓されたキッチンが隣接されていた。リビング中央、四人掛けテーブルに備え付けられた椅子の上にサブレがリュックを置いたから、俺もそうする。リビングの隣には部屋がもう一つあるみたいで、今はスライド式のドアが閉まっている。

サブレが遮光カーテンを開けたら、レースカーテン越しに太陽が差し込んできて、部屋が一気に明るくなった。

「どうぞ座ってくつろいでて」

「自分ちかよ」

「いずれ引き継ぐかもしれないし」

「いとこたくさんいるんだったら、確率少ないんじゃねーの」

「実際にはじいちゃん死んだら家とか土地は売ってお金にするんじゃないかな」

「今から会うんだぞ俺」

サブレは死ぬ系映画の見過ぎで、死に慣れてしまったのかもしれない。ただ言い方はあれにしても、じいちゃんとの仲が良いことは分かって追加で安心する。俺は気楽にツッコんだりしてるように見えて、結構緊張してるから。そりゃ親の了承を得ず友達んちに入るとかはまああることだけど今回は相手への気持ちがだいぶ違う。

立っていても仕方ない。俺はサブレの言う通り空いてる椅子に座った。木で出来た椅子の上には丁寧に座布団まで置いてくれている。

正面にサブレも座る。いつか一緒に住むようなことがあればこんな感じなんだろうかと余計な妄想をする間もなく、彼女は立ち上がりリビングを出ていった。

こういう間の悪い時にじいちゃんが帰ってきそうで心配になる。表からエンジン音がした時には内心冷や汗をかいた。でもその音は家の前では止まらなかった。

俺の不安はむなしく、家主が帰ってくる前にちゃんと孫がリビングへ戻ってきた。

「洗面台がキラキラしたタイル張りになってた」

「へえ、洒落たじいちゃんだな」

「凝り性なんだよね。十年くらい前に都心からこっち引っ越してきた時も」

結構重要なプロフィールが語られそうな時に、外でさっきよりも重いエンジンの音がして、今度こそ家の前で止まった。レースカーテン越しに窓から外を見ると、ごついバイクにライダースジャケットを着た人物が跨《またが》っている。フルフェイスのメットをしているから顔は分からない。でもじいちゃんなんだろう。

想像したよりずっとすらっとしていたし、背筋も伸びていた。

じいちゃんは家の中にいる俺達、というかサブレを見ると手を挙げ、それから玄関の方に歩いていった。

俺は立ち上がる。サブレはきょとんとした顔を向けてきた。

「え、わざわざお出迎え？

「いや勝手に家あがってんだから、それくらいした方がいいかと思って」

部活で他校へ練習試合に行った時なんか、相手校の顧問のところに全員で走って行って挨拶をする。部活生ってのはそういう風に出来ている。

「年上にそんなちゃんとしてんのかめえめえ。知らない一面だ」

立ち上がったサブレは俺をいじるつもりだったんだろうけど、そんなことを言われるのは嬉しかった。自分もちょっとは深い人間のような気になれる。

廊下を歩いて玄関まで行ったら、ちょうど扉が開いた。

既にフルフェイスのメットを外したサブレのじいちゃんは、首から上もまた俺の思うじいちゃん像から離れていた。白髪のオールバックに、整えた白い口髭を蓄えている。なんか洋画にこんな人いた気がする。

「じいちゃんお帰りっ」

「お邪魔してます」

じいちゃんはメットを靴箱の上に置いてから、サブレを見て、そして俺を見た。適当に見たわけじゃなく、しっかり焦点をあてられた感覚があった。

「ただいま、君が、めえめえか」

「えっ」

ボールが思わぬ跳ね方をして顔面めがけ飛んできたような気分になった。

「ああ、面白いかなと思ってめえめえしか伝えてなかった」

サブレはおかしそうに笑う。んなことあるか。

「はじめまして、瀬戸《せと》洋平《ようへい》って言います」

「はじめまして。ようやく本名を知れたな」

片方の唇だけをあげるちょっと悪役っぽい笑顔を俺達二人に向けると、サブレのじいちゃんはグローブを外した。動作の一つ一つ、輪郭がしっかりとしていて、サブレが言ってた縁起でもないこの家の未来は、とても先のことのように思える。

「出迎えはありがたい。けれど、立ち話はなんだ、二人はリビングでジュースでも飲んでなさい。司《つかさ》、冷蔵庫に色々入ってるから勝手に飲んでていいよ」

「おっけーっす」

司、と呼ばれているサブレは新鮮だ。今や学校とか下宿で聞くことはまずない。今や、というのは、かつて彼女のあだ名がツカサブレだった時期があったから。

サブレはじいちゃんに言われた通り踵《きびす》を返してリビングへと足を向ける。俺もじいちゃんに一礼をして、続いた。玄関に立たせ続けるのは失礼だろう。

二人で冷蔵庫を開けると、中身は色んな食材でパンパンだった。ペットボトルの飲み物も何種類と置かれている。サブレが遠慮なくカルピスを取ったので、俺もそれを分けてもらうことにした。棚から取った二つのグラスも綺麗に磨かれていた。

注いでもらいながら、そういえば本当にサブレの気にしすぎは親族相手には発動しないんだな、と珍しいものを見た気持ちになった。こんなにのびのび施しを受けるサブレは貴重だ。

「じいちゃん、若いな」

椅子に座って向かい合いカルピスを飲みながら、正直に感想を言ってみた。

「そう？　よそのじいちゃんがどんな風かは知らないけど、もう七十すぎだよ」

「マジで⁉　全然見えない」

「バイク乗ってる他に釣りとかハイキングもしてるみたいだし、家事も全部自分でしなきゃだから、しゃんとしてるのかも。草食動物の赤ちゃんは生まれてすぐ自分で歩けるみたいな」

草食動物の例えが合ってるのかはともかく、なるほど、うちのじいちゃんは一緒に住んでるばあちゃんが元気でなんでもテキパキとこなすから、背筋が曲がっていっているのかもしれない。

「あと親戚にいきなりめえめえはやめろよ」

「それで納得するじいちゃんもだいぶだけどな」

言ってると、リビングに襟付きシャツとスラックス姿になったサブレじいちゃんが姿を現した。じいちゃんはキッチンにあったケトルに水を入れてスイッチを押し、その場から話しかけてくる。

「ここまで来るの大変だったろ？　特に彼の方は友達だからって司に連れられてこんなところまで」

面と向かってじゃない気楽さを意識してくれたのかは分からない。でも、ありがたかった。あと彼という言い方がそういう意味じゃないと分かっていても一瞬、ドキッとした。

「いえ、さ、司さんに急についてきてしまってすみません」

「司さんって」

サブレが向かいで噴き出す。俺は目上と話してる最中なので、いったん無視する。

「うちは奥さんも死んで一人っきりだから、全然かまわない。高校生が二人寝泊りするくらいのスペースはあるしな」

死ぬ、という言葉に躊躇しない理由はサブレと違って年の功だろう。そう俺は思ったんだけど、次に投げかけられた言葉で、祖父と孫の関係性をよっぽど理解した。

「ところで、どういう風に呼ぶのがいいかな？　瀬戸洋平くんというのが本名だろうけれど、もしめえめえという呼ばれ方にアイデンティティを持っているのなら、私もめえめえくんと呼んだ方がいいだろうか」

この回りくどい言い方、サブレはじいちゃん似だ。

遺伝なのか、小さな頃から会っていたからか、どちらにせよそれは当たり前にありうることだ。でもなんとなく、あんまりサブレには誰かから影響を受けていてほしくないという自分の気持ちに気づいた。なんか、彼女自身でいてほしいというか。

「あー、それ私も気になるな。めえめえのアイデンティティ」

「アイデンティティ？」

「自己認識、かな、めえめえが自分のことをどっちだと思ってるか」

説明を受けて考える。そんなの相手によって決まる。

「どっちでも、いいんですけど、じゃあ瀬戸で、お願いします」

単純に友達の親戚からあだ名で呼ばれるのは変な感じがした。

「なるほど、改めてよろしく瀬戸くん。司もサブレがよければ、そう呼ぼうか？」

「じいちゃんのサブレはさすがに恥ずかしいからやめて」

「そう思うなら、俺をめえめえってだけ紹介するのもやめてくれ」

サブレが笑ったところで、お湯の沸く音がした。サブレのじいちゃんがコーヒーを淹れ、香ばしい匂いがリビングに充満する。

カップを持ってキッチンから移動してきたじいちゃんはサブレの横、俺の斜め向かいの椅子に腰かけた。各々の荷物は、サブレの提案でさっき床に移動させた。

「二人とも、空腹具合はどうかな？」

こういうところはどこのじいちゃんも変わらなそうだ。

「私は、二時間前くらいにラーメン食べたからまだ減ってないかな」

遠慮なく答えるサブレに俺も「そんな感じです」と同調する。実はラーメン一杯では足りていなくて少し腹が減ってた。ただ当たり前に実の孫よりがっつくわけにはいかない。

「そうは言っても、高校生はラーメンだけじゃすぐ腹減るだろう。あと一時間くらいしたら寿司屋に電話をしよう。瀬戸くんは魚は好きかな」

「あ、はい、好き、ですけど」

遠慮すべきではない、という自分の方針に従ったとして、何もそんな高級なものではなくていい、と遠慮すべきか迷った。その気持ちを、俺の言い淀みからサブレのじいちゃんは察してくれたようだ。

「駅前に安くてそこそこ美味い寿司屋があるんだ。悪いけど、値段のことを気にするほどのもんじゃない」

じいちゃんはまたさっき見せた悪役みたいな笑顔を浮かべた。熟練度が全く違うと怒れるかもしれないけど、俺がサブレの荷物を増やさないよう気をつけるのと同じような雰囲気を感じた。

「じゃあ、昼ご飯まではゆっくりしていよう。特に何もないけどね。腹ごしらえしたら、二人には手伝ってもらいたいことがある」

「はいっ」

「めえめえ部活みたいだ」

自分でも部活みたいな返事をしてしまったなと思った。なんとなく俺の想像で、やらされることは草むしりとか、田舎なら田んぼの世話の手伝いとかそんな肉体労働だろうと思っていたから、体が反応したのかも。

「簡単なDIYだ。そんなに気を張らなくてもいいよ。そういえば瀬戸くんは、テニスをやっているんだっけ」

「はい、一応、中学でいいところまで行って、今の高校に誘われました」

「めえめえ夏休みも毎日部活行ってんもんね」

「それは凄いな。結果もだが、その邁進《まいしん》が素晴らしい」

「ありがとうございます」

あまり経験のない気持ちになった。

部活ではみんなが当たり前にやっていることだから、普段はそのことを褒めてもらおうと思わない。けど初対面の相手から真っすぐ評価されて、急な誇らしさを感じた。結果でしか意味が生まれないあのきつさや暑さが、別の評価に繋がることもあるんだな。

友達の間柄で互いの毎日を素晴らしいなんて表現はしない。もし、サブレも俺が部活に打ち込む姿を少しでも良く思ってくれているのなら嬉しい。

実はうちの学校、スポーツ推薦でない同級生の偏差値がかなり高い。俺としては、クラスの奴らに見下されてるんじゃ、という不安が結構あって、それは俺を意味なくイラッとさせもする。だから、余計にサブレから俺の生活への評価は気になった。まさか、俺のこと見下してる？　とは訊けない。そんなわけないと信じたいし、今のところは信じてる。ちなみにサブレのクラス順位は中の上で、彼女の親友エビナは上の上。友達ながら、あんな悪い奴に学力があるとなんかやらかしそうで怖い。

「最近の高校では死について研究する課題を選べるなんて、なかなか難解で面白い授業をやってるな」

部活の話から学校の話題に移ってすぐだった。お前じいちゃんにも嘘ついてんのかよ、と目で言うと、サブレは「自由な校風だからね」なんて素知らぬ顔をした。じいちゃんが怪しむ様子はなかった。

「他にはどんな課題があるんだ？」

だからこその質問に、どう対応する気なのか、サブレの答えを期待して待つ。俺は嘘ついてない。

「友達は縁結びの研究してたよ。共同体で生活してる内部と外部の人間で互いの好意を結びつける方法について、国際結婚とかもそういう側面あるよね」

友達の悪事をめちゃくちゃ良いように言うなあ、という今度は感心と呆れの目でサブレを見たら、彼女は肩をすくめた。完全な嘘でもないからか、また疑われた様子はなかった。

話は自然と、明日の予定に向いた。

「瀬戸くんは司から聞いているかもしれないが、二人が明日会う子達は、私の姪っ子とその娘にあたるんだ。瀬戸くんのことも説明してある、しっかりとした親子だ。安心するといい」

「分かりました。ありがとうございます」

ちゃんと説明してくれてありがたいのは本当だ。一方で、そんなしっかりとした人達に嘘ついて、家族が自殺した話を聞かせてくれと訪ねる後ろめたさは、じいちゃんの言い方で余計につのった。

サブレに先導されていたために麻痺していた申し訳なさが、自分の中で起き上がるのを感じる。と同時に、その申し訳なさがくっきりしたからか、横にきちんと期待や怖いもの見たさがあることも改めて分かった。

やっぱり俺は、サブレと一緒に旅がしたかったのとは別のところで、命の在り方に興味があるみたいだ。それも、じいちゃんの言葉が実感させてくれた。

三人での会話は途切れなかった。サブレのじいちゃんから学校や下宿についての質問が来るので答えて、そういえばこんなことがあったとサブレがつけたすっていう流れ。俺も時々口を出した。途中で戸棚のピスタチオの存在が明かされた時には、約一名小学生かというほど喜び、ぱきぱき殻を外してカリカリ食べていた。寿司食えなくなるんじゃねえのか？　という心配は案の定、サブレはやがてやってきた寿司桶の中からイクラとうにとところだけ食べて後は俺にくれた。ちゃんと高そうなのから選ぶのがちょっと面白くていじろうかと思ったけど、俺も奢ってもらってる立場なのでじいちゃんの前ではやめておいた。

一・六人前くらいの寿司を食べ終わった俺に、じいちゃんはそばやレトルトカレーもあるぞと勧めてくれた。やっぱそういうところは普通のじいちゃんだ。確かに豆と高い寿司いくつかで腹いっぱいになってる女子よりは、食べさせがいがあると自分でも思う。並べられたものの中からありがたく、じいちゃんがバイクでよく買いに行くという店のまんじゅうを貰った。

食事が終わったら、俺達は今日の寝室を紹介された。家の中で空いてて、寝るのに適した部屋は二つだ。一つは一階のリビング横にある、閉まっていたスライドドアの先の部屋。ここにはサブレのばあちゃんの仏壇が置いてあり、匂いの元が分かった。

「ばあちゃんに挨拶忘れてた」

自らのうっかりを白状するサブレに、じいちゃんは「いいんだ、生きてる人間の方が大事だから」と言った。サブレと、俺も遅ればせながら、仏壇に手を合わせた。

もう一つの部屋は二階にあって、元々はばあちゃんのプライベートルームだったらしい。服とかを片づけた後、机やベッドはまだ置いたままにしている。

「どっちも充電するコンセントはあるよ」

じいちゃんがエアコンよりも先にスマホの充電を気にしてくれるのには驚いた。

俺はどっちの部屋でもよかった。というか、どっちも気まずい。ようは死んだばあちゃんが残した部屋で寝るか、死んだばあちゃんの仏壇の前で寝るかってことだ。もし、出るというなら、どっちも出そう。

サブレも、どっちでもいいと言った。本当にどっちでもいいんだろう。身内だし。幽霊信じてなさそうだし。

「じゃあ、女子が二階って方がいいか」

「安全面ってこと？　大丈夫だと思うけど、でも私が二階に行こうかな。羊より鳩が空に近いのは自然だ。それでいい？」

「いいよ」

どっちでもいいことがサブレらしい理由で決定されて良かった。

各々の寝室も決まり、俺達は早速それぞれの部屋でＤＩＹのため着替えることになった。俺はスライドドアを一応閉めてズボンを脱ぐ。会ったこともない友達のばあちゃんの仏壇前でいきなりパンツ姿になるのはどうかという気持ちはちゃんとあって、一応もう一回手を合わせておいた。

Ｔシャツとパンツの上に着るのは、「気分が出るだろ」と、じいちゃんが事前に用意してくれていた作業用のオーバーオールだ。事前にサブレ伝いで身長体重を訊かれていたから何かと思ったらこれだった。色は紺色。着てみるとごわっとした肌触りが仕事をする男の服って感じで、結構テンションあがった。

リビングに出て二人を待っていたら、先にサブレが現れた。オレンジ色のオーバーオールが愛嬌ある顔によく似合っていた。頭には持ってきていたのかキャップをかぶっている。腕に、伸ばし損ねた日焼け止めがうっすら残ってた。

「めえめえ車の整備とか出来そう」

「サブレは子ども番組で着ぐるみの隣にいる人みたい」

「歌のお姉さんいいなあ」

「白いTシャツにわざわざ着替えてるの大丈夫か？　汚れそう」

「これもう捨てるから大丈夫。どれだけ汚れたか一番分かりやすいと思って白にした」

「ユーチューブの企画みたいだな。俺もそうすりゃよかった」

そうすれば一緒に盛り上がれたのに。割と本気だったけど、サブレは真剣な顔で俺に人差し指を向けてぐるっと一周、視界の中の俺を囲うように円を描いた。

「めえめえのおかげで黒がいかにDIYに向いてるか分かる」

サブレはこうやって何げない一言で俺を浮つかせることがある。特にそういうつもりはなさそうだけど、本人はどれくらい自覚してるんだろう。してねえだろうな。

自分の腕とか足に虫よけスプレーを吹きかけたサブレは、終わるなり俺にもその噴射口を向けてきた。「自分でやる自分でやる」と逃げ回って遊んでたら、じいちゃんが帰って来てはしゃいでるのが恥ずかしくなった。

作業前に、俺達はサブレの提案で三人そろって写真を撮った。ビフォアアフターを確認したいらしい。それだったらやっぱり同じ変化を得たかった気がちょっとした。じいちゃんは年季の入ったカーゴパンツとTシャツを着ていた。

俺とサブレがじいちゃんの手伝いをするのは、今日の午後と明日の午前中だ。それが終わってから明日のお昼過ぎ、家族が自殺したという人達の話を聞きに行く。何度でも思うなんだその用事は。

舗装されてない道と一体化したような庭に出て軍手をつけ、俺達はサブレのじいちゃんの前で部活生のように並んだ。

「これから三人で、車道から玄関にかけてのアプローチを作ろうと思う」

アプローチ？　と俺が思ったのをサブレが「アプローチ？」と声にした。

「玄関の前にレンガで歩道を作りたいんだ。今のところ、ほら、そこにロープで目印だけとってある」

なるほど。最初に見た時、変な田舎の風習かと思ったこれはそういう意味か。

「まずは力仕事だ。この規格にそって、基礎の分とレンガの分、地面を掘るんだ」

そう言って渡されたスコップは、俺の分が農作業に使うようなでかいマジのやつで、サブレの分が園芸に使うような小さいものだった。役割分担で俺がざっくりと掘った後、サブレとじいちゃんが整えていくということになった。サブレの体力は知ってる。妥当だ。

「私はめえめえと違って弱いからな！」

「何を偉そうに」

でかいスコップの先端からメジャーで十センチをはかり、大体ここまでという位置に見当つけて土を掘っていく。固いし重い。確かにこれをじいちゃん一人でやるのは大変だ。一時間くらいかけ、私有地ではないんだろう場所まで短い距離を掘った頃には汗だくになっていた。

「お疲れ様、瀬戸くん。休憩しよう」

作業中から飲んでいた麦茶が毎度美味かった。ごくごくと飲みながら、祖父と孫が俺の掘った道を整えるのをじっと見る。サブレのことを歌のお姉さん扱いしたけど、こう見ると幼稚園の先生みたいでもある。汗が少しひいてから、俺も二人の作業に参加した。部活もそうで、自分だけ休んで見てるのは居心地が悪い。

ある程度整うと、今度は地面を安定させるために土を圧迫する作業に入る。サブレのじいちゃん曰くこれを転圧というらしい。今回は最初から三人とも同じ作業をすることになった。

「孫とは言え、女性には優しく、でいいかな？」

そう訊かれよく分からずに頷く。するとサブレには市販されている槍みたいな転圧機が、俺にはじいちゃんがネットを参考に自作したという木の棒や石のブロックを組み合わせた転圧機が渡された。手作り品は二本あって、じいちゃんもそれを手に持った。

単に地面を押し固めていくという作業が、意外にも楽しかった。まるで現場作業のバイトをしているようだ。サブレも本人曰くの弱いながらに、市販の転圧機を真剣な顔で地面に叩きつけていた。

念入りにやったところで、次は上から細かく砕いた石を広げ、また転圧作業だ。涼しいとはいえ夏の真昼間。ちょくちょく、じいちゃんはじいちゃんなりの、サブレはサブレなりの、俺は俺なりのペースで休憩をとりながら地面を固めていった。サブレが休んでいる間、試しに市販機を使わせてもらったら、当たり前だけど各段にやりやすい。プロが作ったもん、すげえ。

そう思ってしまえば、アプローチ作り自体プロに頼めばいいんじゃないのか？　と頭をよぎった。でも、それは、どれだけテニスの練習をしても日本一になれるわけじゃないんだろ？　と俺達が他人から言われるようなもんだ。んなこと言われたら普通にイラッとくる。そういうことじゃない。

これが、いわゆる結果より邁進が素晴らしいってやつなのかな。

どれだけ練習しても自分より強い奴がいると分かっているみたいに、どれだけ頑張ってもプロが作ったものよりも綺麗にはならないと分かっていながら続ける俺達のＤＩＹ作業は、夏の太陽が高い木の陰に隠れるまで続いた。


サブレのじいちゃんが用意してくれた棒アイスを、休憩中に二人で立って食べていた時だ。家の前を車で通りかかったどこかのばあちゃんが声をかけてきた。「お孫さん？」と訊かれ、じいちゃんは家の中にいたのでそれぞれ「孫と」「その友達っす」なんて答えた。そしたらそのばあちゃんは助手席に手を伸ばし、スーパーに売ってる感じのカステラと都こんぶをくれた。どっちも喉カラカラになりそうだと思いつつ「ありざいますっ」って礼を伝えると、車は走り去っていった。よく考えたら左ハンドルの外車だった。その後すぐ家の前を通って行った別の車はオープンカーだった。運転席の日焼けしたおっちゃんはこっちに会釈だけよこして、五十メートルほど先の家に車を止めた。乗り物にこだわった人の多い地域なんだろかここは。

家から出てきたじいちゃんに訊いたら、外車のばあちゃんも近所の人らしい。見える範囲の家じゃなくても近所なんだなという田舎への感想はいいんだけど、こういう場合サブレがどう判断するのかが、その後の作業中もずっと気になっていた。

終業後サブレのTシャツを灯りの下で見て、どうやら俺達は自覚してるよりもずっと自分の体を触ってると分かった。そのパターンを人に知られてしまうというのが、色んな勝負で言う癖を読まれるってことなのかもしれない。

外の蛇口で手や顔を洗い、順番に服を着替える。三番目の俺がTシャツ短パン姿でリビングに行く頃、テーブルの上にはもうホットプレートが用意されてた。運動した後の高校生に焼肉はぴったりだなんて、滅茶苦茶そのまんまで嬉しい。サブレはぼうっとテレビ画面を見てる。じっとしてるんだけど、そわそわしているみたいで、膝が微妙に揺れてた。

「サブレ？」

「え？」

まるで知らない人からいきなり話しかけられたみたいな顔をサブレは一瞬浮かべた。前に本人から聞いたところ、考え事をしている時の反応らしい。この一瞬の顔を不満だと勘違いされ先輩から軽く注意されたことがある、というのは前にエビナから聞いた。そして誰からも聞いてないけど、今のサブレが何を考えていたのか大体分かる。

そのことを話す前に、台所にいるじいちゃんから呼ばれた。米も炊けたし夕飯を始めるそうだ。俺達は食器や飲み物をリビングのテーブルへ運ぶ。他にも何か手伝うことはないか訊いたら、サブレが野菜を切る係、俺が皿洗いの係を与えられた。普段は全部サブレのじいちゃん一人でやってる。縁起でもないけど、うちのじいちゃんも一人になれば家事を進んでするようになるのかもしれない。

俺の役目は食後に残っている。とはいえサブレが野菜を切って、じいちゃんが味噌汁を作っている間、リビングにただ座っているのはこれも居心地が悪い。何となくリビングをうろうろして、結局サブレの横で一緒にエリンギを割いていった。

下ごしらえを全て済ませた後、じいちゃんが冷蔵庫から取り出した肉百グラムの値段は、俺達が食堂で選ぶＡＢＣの合計よりも高かったんじゃないか。

どんどん食えのお言葉に甘えている間には、じいちゃんがここに住むまでの経緯を聞いた。昼サブレが話そうとしてたやつだ。

サブレのじいちゃんと一緒に住んでいたばあちゃんは、二人とも若いころ都心で働いていたらしい。友人の紹介で知り合い、結婚、すぐに子どもが出来たこともあって二人はプライベートな時間をあまり持てなかった。やがてばあちゃんが定年退職を迎えた段階で、どこか静かに暮らすのもいいんじゃないかと、共通の故郷であったこの土地に引っ越してきたそうだ。出会った時もローカルトークで盛り上がったのだとか。

「じゃあ、サブレんとこの母ちゃん以外は親戚みんなこの近くにいるのか」

自分で割いたものか俺が割いたものか分からないエリンギを齧っている友達に訊くと、首を横に振られた。

「進学とか就職で日本中に散らばってそこで嫁いでるから全然。明日会うおばちゃんとじいちゃんの妹くらい」

「私達が十年前越して来た時には、私の兄とその奥さんもいたんだが、一昨年兄が亡くなったのをきっかけに奥さんは娘夫婦のところに身を寄せてね」

「それは、ご冥福をお祈りします」

俺の知ってる限りの慣れない言葉にも、じいちゃんは礼を言ってくれた。そのじいちゃんのおかげ、そして「親戚達の分布に何か規則性とかあるかな？」と妙なことに目を輝かせたサブレのおかげで、重い空気にはならなかった。明日のことを考えれば重い空気も何も、だ。ちなみに分布には別に規則性はなかった。

肉をたらふく食べさせてもらって、最後には焼きそばまで食べて、ちょっと休んだら俺は俺の仕事に取り掛かる。

「さっき手伝ってくれたから手伝うぜよ」

サブレの提案を受け入れ、俺達は食器や汚れたプレートをシンクまで一緒に運んだ。そうか、あんなのもサブレはフラットにしときたいのか。

だったら当然、受け取ったのは俺だから無視していい、とはならないはずだ。

その予想、予想っていうか友達に対する理解、は皿洗いやテーブルの片づけが終わった後、三人でじいちゃんの淹れたコーヒーを飲んでいる時に的中した。

「カステラくれたおばあちゃんに、会えるタイミングってあるかな?」

「歩いて十分くらいのところにご夫婦で住んでいるから、訪ねることは可能だ」

じいちゃんの答えに、サブレはとても安心した様子だった。

「じゃあ明日、町でお菓子でも買ってこよう」

「甘いものが好きなご夫婦だから、高校生の間で流行っているものは喜ばれるかもしれないな」

普通に流れる会話を聞いて、じいちゃんもサブレの性格を理解してるのか、と考えたけど当たり前だな。俺よりずっと前から見てるんだ。

じいちゃんはコーヒーの後、グラスに氷と一緒に入れた酒、多分ウイスキーかなんかだと思うそれを一杯だけ飲んで、玄関近くにある自分の部屋に引っ込むと俺達に告げた。毎日、寝る前に本を読む時間を設けているらしい。孫が来ていてもずっと一緒にいたいわけじゃないんだなって思った俺自体、夏休み実家に帰らず他人の家に来てる。そういうもんかもしれない。

自由にしていていいし、何を飲んでも食べてもいいと言われた。何でもだ。

「減っていても量なんか分からないからな」

じいちゃんが悪い笑顔を作ったので、俺達は二人になってから一応ウイスキーの蓋を開けて匂いをかいでみた。俺はのけぞって、サブレはせき込み、それで終わった。

暇つぶしの道具として、まさかのキーボード付きタブレットを借りた。普段からサブスクで映画を観たり、ちょっとした仕事をしているらしい。

せっかくだから、二人ともが内容を知らない、人が死にそうな映画を観ることにした。あんまりうるさくしても悪いので、静かに死にそうなやつを選ぶ。と言っても探したのはサブレだ。俺は銭湯の話っぽいサムネを見てＯＫしただけ。

気分を出すため棚にあったポップコーンを開けコーラを用意した。タブレットをテーブルの上に置き、部屋の灯りを薄暗いオレンジ色にする。これを常夜灯と呼ぶのだと、サブレに教えてもらった。

並んで座ったら、サブレがわざわざ「再生ＯＫ？」と訊いてきて、画面をタップする。すぐに映画が始まる。

視聴覚教室での授業以来、サブレと一緒に映画を見るという時間に俺は少しだけ緊張してた。ひょっとしたらこれから何度だってあるかもしれないのに。

外から虫の声が、随分大きく聞こえる。

「まだ全然死にそうじゃないな」

あらすじや予告などの情報を持たない冒頭、何の気なく口にしてから、そもそも映画中に話しかけてよかったのか、サブレの映画マナーに反していないか、不安になった。

「大丈夫、ちゃんと死ぬから」

答えてはくれた。でもこれからも話しかけていいのかは分からない。確認するにも話しかけることになるので、黙っておこうと決める。

でも、そんな心遣いしなくてもどうやら大丈夫だった。何故なら、これから映画が終わるまで、俺は何度となくサブレから話しかけられることになる。

「ごめん、一回戻してもいい？」

「うん、いいけど」

「台詞聞き取れなくて、申し訳ない」

この会話を何度もする。いや、そんなところどうせ大事な台詞じゃねえよ、って場面でもサブレはちゃんとそのシーンまで戻って全てを聴こうとする。中には数回聴いても何を言ってるかよく分からないところがあって、俺も一緒に耳を澄ましたけどよく分からなくて、サブレは後で検索してみようとそのシーンをメモしておく。

気にしたものを放っておけないサブレらしさだ。理解してる。理解してても、エビナら五回目くらいでさすがに、後で一人で見直せ！　ってツッコんでるかもしれない。

それでも後半にはサブレも映画にのめりこんだのか、さすがに遠慮したのか、二人で静かに話の成り行きを見守った。その結果、ちゃんと感動した。

「うん、良い映画だ」

エンドロールが流れきってから、サブレが言う。

そう良い映画だ。ちゃんと感動はした、けど。

「俺もそう思った、あとちょっと昨日のにいちゃんとのこと思い出した」

「ガテン系の？」

「そう」

常夜灯の下で顔だけ向き合うと、サブレの顔がいつもより近く見えて、手が届く距離で手が届きそうだと、不思議なことを思った。危なく触ってしまいそうだったから、頑張って耐えた。

「昨日のにいちゃんもそうだけどさ、中学生とか高校生になんか託そうとする人いるな」

「あー」

サブレは、うんうんと頷く。

「そうだね、大人のそういうの、私はちょっと気持ち悪い」

サブレの容赦ない感想に、噴き出す。でも分かる気がした。

「うん、俺もOBから、自分達の果たせなかったことを、とか言われると、知らねえよって思う」

「なるほどね。そんなのにも晒《さら》されてるのか部活生達は。でもまあ、死ぬ系の映画にやっぱ多いよ。バリエーションあるけど。私はパニック映画の『後は頼んだぞ』的な託し方は好き」

「なんかレスキュー隊員とかのな」

「そうそう」

思いつくシーンをあげていると、タブレットの画面が消えて真っ黒になった。常夜灯の中で閉じ込められたような空間にサブレといるのは居心地がよかった。そう感じてたのは俺だけだったみたいで、サブレはすっと立ち上がって電気をつけた。

久しぶりに伸びをした俺達は、順番にシャワーを浴びさせてもらうことにした。また私の方が時間かかるからという理由で先に勧められ遠慮はしなかった。サブレの後に風呂入るのはなんか悪い気がするし。

タオルとかの場所は事前に教えてもらっていたから借りて、体を洗うのも髪を乾かすのもさっさと済ませリビングに戻った。サブレはタブレットで控えめに音楽を流していた。着替えを寝室に置いた鞄の中にしまった後、覗き込んだら、彼女は何かMVを見ている。

「これもダストからのオススメ」

俺が訊く前にサブレは答えた。

ダストというのは俺達のクラスメイトだ。男で軽音部で長身のひょろっとした奴。俺もサブレも仲が良い。今日のお昼の電車内で、サブレはプレイリストに入れていたいくつかをこのダストから教えてもらったと言っていた。一曲目だった例のズーカラデルもそう。ちなみにダストってあだ名は埃《ほこり》っていじめられてるとかそんなんじゃなく、あいつが入学当初制服の下によく着ていたTシャツのバンド名を縮めて呼ばれてるだけだ。親の影響で小さいころから聴いてたバンドらしい。俺はまだちゃんと聴いたことがない。

ダストは基本的に穏やかな奴で、最近のオススメを教えてくれと言ったらすぐに相手が気に入りそうな曲やアーティストをいくつか見繕ってくれるような奴。そして、いじめられてたりするわけじゃないという前提で、ちょっとやばい奴でもある。

「ダストから勧められたのが恋愛の曲だったらかなり緊張するんだけど私」

サブレが声をいつもより一段階落として言う。秘密っぽいのに秘密じゃないことを話しあう、ちょうどいい声の大きさだ。

「そんなん俺も前にあいつのバンドの練習見に行った時とかそうだよ。あ、お孫さん、麦茶いただきます」

「ご自由にー」

俺は冷蔵庫から麦茶を取り出しコップに注いで飲む。リビングに戻って、さっきのサブレの声量に合わせ気になることを訊いてみた。

「エビナとダストの話したりすんの？」

「すー、る、けど普通に話題に出るだけで、別にそういう感じで話すわけじゃない。めえは、ダストとエビナの話はすんの？」

「えー」

言っていいであろうことと、言ってはいけないであろうことを選ぶ。言ってはいけないことってのは、前にこっそりクラスの女子人気投票があった周辺のこととか、俺もダストも他の男達も、サブレにはかみつかれそうだし、エビナには殺されるかもしれない。ちなみに投票は無記名だったけど、サブレにはいれなかった。

「する、なあ。俺達はそういうこととして話すし、ダストも普通にいじられて受け入れてる感じ」

「うわーそれはそれであの子が知ったらまたぶちぎれそうだなあ」

確かに。だから変なことがばれたらダストは他の男達よりもっと殺されるかもしれない。

「ラスボスに挑む勇者扱いされてるのは黙っててやってくれ」

「言わないけど、じゃあ私に言うなよ」

秘密の共有者を無理やり増やしたところで、俺はテーブルの上にコップを置きスマホを手に取った。変なキリン以降無視してたエビナから、新しいメッセージが届いている。

『どうなった?』

『寿司と焼肉食べた』

『んなこと訊いてない。てかそれサブレからも聞いたわ』

再び、キリンが「殺すぞ」と言ってる画像が送られてくる。なんで気に入ってんだそれ。

エビナは、本人もこのキリンみたいなことをよく言う。だからベース口が悪いだけで今も怒っているわけじゃない。というか頭がいいからコスパが悪いとでも思っているのか、実際に怒っているところはあんまり見ない。

それを友達でありながらぶちぎれさせたのが、さっきから名前の出てるダストだ。

その場には俺もいた。サブレもいた。

何人かで話していたところにダストが突然やってきて、エビナの名前を呼んで、そして目をしっかりみて、いきなり告白した。

俺やサブレや他のみんなも「え？」となってダストを見たりエビナを見たり周りを見たりした。俺達以外の人間にもダストの告白は聞かれていて、俺達の円の外側にいる奴らの反応は適度に距離をとれていたからなのか、早く大きかった。

その中で、エビナはじっとダストの目を見てた。いや睨みつけていた。そして、笑い飛ばすとか手ひどくふるとかじゃなく、ゆっくり相手の心へ届かせるように答えた。

「私の罪悪感を利用しようとするな」

それから数日エビナは荒れていた、らしい。サブレが「気持ちはちょっと分かるけど勘弁してくれー」と嘆いていた。一生分の「まあまあ」を使い果たしそうだ、とか。

俺にはエビナの言いたいことがよく分かっていなかった。大勢の前で告白されたのが恥ずかしいとか、告白されること自体が嫌だとか思ったのなら、エビナはきっとそのままダストに伝えたはずだ。それが、罪悪感を利用するなって具体的にどういう意味なのか。ダストも俺と同じ気持ちだったみたいで、あれはどういう意味だろうかと相談を受けたこともある。

手助けしてやろう半分、単に気になったの半分で、後日サブレにそれとなく訊いてみた。エビナと特別仲がいい彼女なら、本人から聞いているか、もしくは分かっているかもしれないと思って。

「あれはねえ、そうは見えないし、本人に言ったら私がぶちぎれられるかもだけど、傷ついてるんだな、多分」

聞いてみても俺は分からなかった。エビナが、告白一つで傷ついたりするもんだろうか。それにふった方が傷つくってどういうことだ。ひょっとしたらそういうのは、女子同士でしか分からない何かがあったりするのかもしれない。だから男の俺にはどうでもいい、とはならない。エビナが怒る気持ちをサブレもちょっと分かるということは、エビナだけの逆鱗じゃないって意味だ。

ダストには悪いけど、何がダメだったのか、俺はちゃんと学びたい。

「そういえば、私さっき映画終わった後に大人の押しつけは気持ち悪いって言ったのさ」

「うん」

「ちょっと言葉強すぎたって反省してる。言い直していい？」

俺はもちろん頷く。

「実際には気味悪いくらい」

「あー、言われたら俺もそれくらいかも、ＯＢのやつ」

「ニュアンス伝わってよかった。風呂入ります」

音楽を止めて立ち上がり、サブレはリビングを出て二階への階段を上って行った。足音で分かる。

静かな部屋で虫の声を聞きながら、俺は一人、エビナにどう今の状況を返信したものか悩んだ。行動も気持ちも、どうせあいつが下宿に帰ってきて会えば白状させられてしまいそうな気もする。動機はなんにしても、味方になってくれるなら心強いというのもある。

でもやっぱり自分からはっきり言うのは気が引けて、質問の形にした。人に明かすのは、それだけでもすごい緊張と、妙な高揚があった。試合で、サーブを打って始まってしまったって時みたいな。

『参考にしたいんだけど、罪悪感ってなんだよ』

送ってからすぐ既読がついてしばらく返信がなかった。ひょっとしたらこれもしかしていじってると思われて俺がぶちぎれられるんじゃねえか？　その時はまたサブレに「まあまあ」を消費してもらうことになる。

少し焦り始めた時、返信がきた。

『悪いのは自分なんじゃないかって気持ちだ』

エビナの答えはそのまますぎて、あの時、何が言いたかったのかまだよく分からなかった。スマホから目を離して考えている内に、例のキリンが今度は二回連続できていた。


大体これくらいの時間にと、サブレのじいちゃんに言われてた朝八時、しっかりアラームが鳴った。

布団から起き上がって自分が置かれた状況を思い出し、まず仏壇に手を合わせ会釈する。しとかなきゃなんか怖い。立ち上がってスライドドアを開けたら、リビングに漂っていたたくさんの香りに全身を包まれた。一番強いのは味噌汁だ。腹が鳴った。

「おはようございます」

キッチンで目玉焼きを焼いていたじいちゃんに挨拶。

「おはよう、眠れたかな？」

「はい、おかげさまで。朝ごはん、なんかすいません、手伝います」

「いやいいんだ、私が早起きなだけだからね。瀬戸くんは顔を洗って、司を起こすのは、頼んでいいかな？」

「はい、ノックしてきます」

先に顔を洗って寝ぐせをちょっと直し、階段を上った。二つあるうちどっちがサブレの部屋かは知っている。ノックしたらちょっと間があって普段より低めの声が聞こえた。

「今時の高校生はこんな早く起きないんだよー」

「じいちゃんが朝ごはん作ってくれてるぞ」

「めえめえかよ」

嘘を見破られたサブレが扉を開ける前に、俺は一階へと戻る。孫が下りてくる間、手伝いとして茶碗に三人分のご飯をよそった。

「筋肉痛が、やばい」

声に振り返るとロボットみたいなのがいた。腕をL字に固めたサブレが、かくかくとした動きでリビングに入ってきて、直線距離で一番近い椅子にゆっくり座る。噴き出すのを、サブレがちゃんと腰を下ろすまで待てた。

「いてえ」

「若い証拠だな。おはよう、司」

「おはようございます」

じいちゃんはテーブルに並べられた皿に、それぞれ綺麗な目玉焼きを載せていく。一つだけ目玉が二つあって多分俺のだと思う。サブレが体を小刻みに揺らしずっと呻いているもんだから、どことなく目玉焼きも揺れてる気がする。

「これ、めえめえは平気なわけ？」

「うんまあ、ちょっとはあるけど、いつもだから」

「強っ、さすが」

サブレが弱すぎるっていうのもめちゃくちゃある。そのおかげで、強いと言われるのは嬉しくなくない。

「筋肉痛って成長してる痛みなんだよね？」

「俺もそうだと思ってたんだけど、この間、トレーナーになった女の先輩来ててさ、訊いたらそういうことでもないらしい」

「無駄な痛みかよ！」

「なんで痛いのにテンション高いんだよ」

「筋肉痛になるの久しぶり過ぎて、いつもぼやけてる全身がしっかり存在してる感じする」

相変わらずL字で止めてる両腕を開いたり閉じたりしながら、サブレは俺だけに朝一思いっきりの笑顔を向けてきた。そしたら急に心臓のあたりで、ぶわっと、説明のしようがない、布団のシーツを広げる時みたいなはためきを感じた。

これ、サブレと一緒にいるとよくあるやつだ。なんなのか考えてみれば、ひょっとしたら他の奴の言う、グッとくるとか、きゅんとするとか、そういうのと同じなのかもしれない。俺の場合は、ぶわっとする。強い風が吹いて、生い茂った葉っぱが音を立てるイメージにも似てる。

「めえめえ、なんだその顔」

「いや帰宅部の特権だなって」

ぶわっを隠そうとした時、俺はつい何とも言えない顔をしてしまうみたいで、サブレから前にもツッコまれたことがある。

動けないサブレは待機させておき、焼けた鮭を取り出すじいちゃんの横で俺が味噌汁をついだ。実家のとも、下宿の食堂とも、学校の食堂とも違う匂いがする。

じっとしてるうちに並んでいく料理の前で、サブレはL字の腕を動かして手を合わせた。何も我先に食べようってわけじゃない。

「夕飯時に働きますゆえ」

「いつか俺がもし怪我した時、差し入れくれるでもOK」

「試合中にきつそうだったらレッドブル投げ込むのは？」

「いやがらせじゃねえか」

「ちゃんと蓋開けといてやるよ？　いっ」

自分で言いながら手を叩いて笑ったのが響いたらしい。サブレは目を見開いたまま元の体勢に戻った。悪いけどそういうおもちゃみたいで面白い。

「肩となく腕となく。大丈夫か今日これ私」

「慣れてくるだろ」

そう俺が言った通り、じいちゃんが用意してくれたサラダも漬物もプリンまでついた豪華な朝ごはんを食べ終わる頃には、サブレもだいぶ痛みに慣れてきていた。ぎこちなさは残るけどちゃんと動けるくらいには。食器も自分でシンクに運んでいた。

とはいえＤＩＹは無理しなくていい、というじいちゃんからのありがたい提案をサブレははねのけた。

「引き受けたからにはやりたい」

じいちゃんは「ぴったりな仕事をやろう」とどっか嬉しそうだった。

皿洗いをして小休止をとったら、俺達はまた、昨日の作業着に足と袖を通す。乾いた土を家の中にまき散らすわけにはいかないので、オーバーオールは外に干してあった。俺は家の陰で、サブレは玄関で着替え、軒先に集合する。

「そういえばめえめえ」

「うん」

「エビナから、代わりにめえめえを一発蹴っとけってライン来てたんだけど、なんかあった？」

オレンジ色のサブレが筋肉痛の体を伸ばしながら急に怖いことを言った。なんだそれ。

「なんかって、あー、話の流れでダストとのことをちょっと」

「それかー」

「え、俺サブレに蹴られんの？」

「いや、誰か代わりに蹴っとくよって提案されて、いらないから断った」

「サブレにそういう選択肢があって良かった」

「単にエビナから直接蹴られるようになっただけなんじゃ？」

確かに、友達を殴る蹴ることに関してあいつは罪悪感を持ってない。だからサブレの言うことは現実味があった。まあ心の準備があれば避けられる。話してくれたサブレに感謝しとく。

暴力的な話をしてたら、サブレのじいちゃんも昨日と同じ格好で庭に現れた。

まずは今日の作業についての説明だ。俺は相変わらず現場仕事のバイトに来てるみたいで、ちょっとわくわくする。

これから、昨日のレンガで枠組みを作った中にまず砂を平らに敷き、その後、枠の中にレンガを並べていくらしい。

物置の荷台に載せられていた大量のレンガは俺が運んだ。これがかなり重かった。サブレに拍手を贈られながら、まさかこれじいちゃんが運んで来たのか？　と思って訊いてみたらさすがに業者を呼んだそうだ。絶対その方がいい。お年寄りのやることじゃない。

筋肉痛のサブレには座ったままでも出来る作業として、中途半端なスペースに合うようレンガを割っていく役目が与えられた。

サブレは楽しそうにしていた。丁寧にやらなければならない作業が、神経の鋭敏なサブレにちょうどよかったんだろう。

隙間が次々に埋まっていく様子は見ていて気持ちよかった。小学生の時に友達んちでやってたテトリスを思い出した。俺は結構得意で、なんとなく、サブレもああいうゲーム強そうだなと思った。

「うーん、テトリスはまだいいんだけど、ぷよぷよとか連鎖があるやつはどう積むか考えてるうちに負けてる」

確かに、言われてみれば、そっちの方がサブレの性格にぴったりだった。そうか、考え深いやつが早く動けるわけじゃないんだな。運動と同じだ。

多分、俺が運動得意なのは、テトリスとかＤＩＹやる時と同じくらい直感で動けるから。サブレより早く決断を出せる。馬鹿っぽくてちょっといやだけど、余計な事は考えずにレンガと向き合うことは出来た。

だから俺自身、どうしてそんなタイミングで？　と謎だ。

素人っぽく綺麗に並べられたレンガを見て、あとはじいちゃんが午後、隙間に素材と砂を詰めれば完成だという段になって急に、緊張が襲ってきた。

なんでここなのかはほんと分からない。

「めえめえどうかした？」

サブレにすぐ気づかれてしまった。じいちゃんはせっかくだから良い写真を撮るため、めったに使わないカメラを取りにいってる。

「なんで今か分かんないんだけど、急に緊張してきた。サブレのおばちゃんち行くの」

正直に言うと、サブレは眉毛をハの字にして笑った。

「私もだ」

自分の意見とか考え方に基づいているから、サブレは一切緊張なんてしてないんじゃないか、俺だけ怯えているんじゃないかと思っていた。だから安心した。

「サブレもか」

「自分が言い出したくせにって？」

「いやいや違うよ。単にサブレもそうなんだなと思って」

「私は今、自分で、自分が言い出したくせにってちょっと思ってるよ」

まあ、サブレの考え方ならそうかもしれない。

「なんで、今なんだろうな。サブレなんて俺を誘う前からずっと考えてたはずなのに」

サブレはレンガの上に載った葉っぱを足で払って、「んー」とあからさまに考えているような声を出した。その割に最初の一言は「分かり切ってるんだよね」だった。

「一つは、明らかなんだよ私の場合。色々あるうち、一つは分かってる」

「何？」

「ごめん、わざわざ訊かせるような言い方して」

「訊かせるような？　あ、そういう意味か、謝らなくていいよ、俺が勝手に訊いただけ」

いつでもサブレは、サブレらしくちゃんと気にしすぎてていい。

「で、何が分かってんの？」

「一つはね、家族の自殺について聞かせてもらうわけだけど、そのことに対して私は何をしてあげられるかまだ確信がない。こうしたらいいんじゃないかなってのはあっても、予想が外れていたらどうしようって不安だな。直前になって、急に分が悪いような気がしてきた」

「ちなみに今のところの候補は？」

「話を聞いてあげること」

そういえばサブレは言っていた、相手がそれを求めているのかもしれないって。

「ちょっとギャンブルだな」

「そうなんだよー」

「遠くても一応親戚だから、それでいいとはなんねえの？」

「会ってみないと分かんないな。感じ方は時と場合によるから」

「そりゃなんでもそうか」

サブレの気持ちに限らず、感じ方なんて日ごとに時間ごとに変わる、そりゃそうだ。なかなか変わらないのは、自分の中でそうすると決めていることくらい。

「俺の緊張はサブレとは違うかな」

「何?」

「ごめん、俺もわざわざ訊かせるような言い方した」

サブレのきょとんとしてにこっと笑う顔が見たかっただけ。

「うわ早速いじってきた! でもありがと」

スマホよりだいぶごついカメラと三脚まで持ってじいちゃんが戻ってきたから、俺の緊張話は後回しにされた。本当に訊かれたいわけじゃなかった、別にいい。サブレは俺に礼を言った時の大きな笑顔のまま、カメラに向けてピースをした。俺も横に並んだ。

写真はじいちゃんがデータとしてサブレに送ってくれることになった。サブレの白T企画はそれなりに成果があって、本人は喜んでいた。

作業着は下宿先に送るか、もしくは置いていくのでもいいと選択を迫られ、俺は置いていく方を選んだ。「いつかまた瀬戸くんの力を借りる時が来るかもな」とあの悪い笑顔で言われたのが、サブレを含めた約束みたいで嬉しかったからだ。

昨日と同じく、それぞれに着替えて手を洗い、俺達はまたリビングに集合する。まだ二日目なのに、もう謎の拠点感がある。

だからってわけじゃないけど、今日の昼ご飯はサブレと俺で作ることになった。

これはサブレの提案から始まった。昨日「一食くらいじいちゃんの代わりに料理をする」と発言した孫。サブレがやるのに自分だけのうのうとしてるわけにもいかない。「じゃあ俺も手伝う」と申し出た。そうして、今日二人、並んでキッチンに立っている。

「さてえ」

意気込んでサブレが冷蔵庫を開ける。中身はなんでも使っていいと言われてた。じいちゃんは任せっきりにしてくれて、リビングでタブレットをいじっている。株でもやってんのかな？　って勝手に想像した。

「ちなみにめえめえ得意料理とかあんの？」

「ない。レンジとケトルと炊飯器と、あとたまに袋ラーメン作るのに鍋使うくらい」

俺達の下宿先には階ごとに共用のキッチンがある。そこにフライパンやまな板が置いてあるのを知ってるだけで、使った覚えはほとんどない。たまに食堂が開いてない日でも総菜とか冷凍食品とかスーパーに売ってるから不便しない。

「それ逆にめえめえが作った料理食べてみたくなるな。死ぬほど不味くても面白いし、奇跡が起こるかも」

「サブレしか食わねえんだったら作ってもいいけど絶対全部食えよ」

「やめとこう、これから大事な用事があるんだ。あ、もしやる気になってたら言って」

「全くなってない」

サブレは正しい判断をして、昼ご飯は彼女がメインで作るパスタということになった。

麺とホールトマトとコンソメとニンニクがあったから、なんか行けるみたいだ。「私もあんまり料理しない」らしいけど。

「しないって言っても女子達のそもそもの料理ラインが男よりだいぶ高そう」

「英語喋れるっていうラインが人によって違うみたいなね。でも性別関係あるかなあ」

「あると思うなあ。俺の階のキッチン、ハンライも袋めん茹《ゆ》でて玉子入れてるのしか見ねえもん」

「え、その時も半ライス？」

「嘘みたいだけどあいつ、チンしたご飯よく半分だけ冷凍してる」

「面白いな、それ。でも性別関係あるかなあ」

何か引っかかったところがあるみたいで、サブレは料理と性別についてを考えながら大き目の鍋でお湯を沸かし始めた。俺は昨日のエリンギ裂き能力が認められ、ブロッコリーとカリフラワーを切る係だ。レンジでチンして温野菜サラダにするらしい。これもサブレの提案。少なくともうちの下宿の男で、昼ご飯のレシピに温野菜サラダ選ぶやつはいない。

「私はむしろ生活環境とか家族構成な気がする」

「兄弟いるかとか、両親共働きかどうかとか？」

「そうそう。その上で私は、ほとんど料理しないけどお母さんが作ってたのを見てたから、なんとなくは知ってて作ったことあるってレベル」

「見てるだけで覚えるって料理の才能あるな」

「めっちゃくちゃ普通の味のパスタ作るから味わうがいい」

ブロッコリーとカリフラワーに加え俺はベーコンを切って、全部を透明なボールに入れた。ラップをかけ、サブレの指示通りレンジで五分加熱する。三分くらいで一度取り出したら竹串を刺せと指示を受けた。すっと通ればその時点で完成。

包丁とまな板を明け渡したら、サブレがお湯を沸かしながらソースづくりに取り掛かる。俺はレンジを気にしつつもサブレの料理姿に興味があった。彼女は丁寧に玉ねぎをみじん切りにしていて、その間で約束の三分が経つ。温度に気をつけながらブロッコリー達を取り出し串を刺すと、まだ若干固かったのでレンジに戻した。

あったためたフライパンに、サブレはオリーブオイルと玉ねぎと手でちぎったウインナー、チューブのニンニクを入れて加熱する。手でちぎるところがサブレ母流らしい。良い匂いがしてきたところでレンジが鳴った。また野菜たちを取り出し、適当な皿に盛る。こっちは当たり前に野菜の匂いがした。また指示を受け、キッチンペーパーで水気を切っておく。

サブレは炒めた玉ねぎが透明になってきたところで、コンソメとホールトマトをフライパンに投入し、トマトを潰しながら煮ていった。ここから大体十分だそうだ。パスタの袋に書いてあった茹で時間を確認し、見計らってお湯に広げながら入れる。「忘れてた！」と言って塩も。

キッチンタイマーが鳴ったら、サブレは麺を湯ぎりせずソースの中に入れ菜箸《さいばし》で混ぜ合わせた。なんとなく混ざったところで味見。一本だけ取ってちゅるちゅる吸い取るのを俺はぼうっと見ていた。

「あー、薄いかなあ。めえめえ味見して」

菜箸を借りて俺も一本だけ取って口に入れる。

「確かに、もうちょい濃くていいかも。塩？」

「しょっぱいと濃いは違うってうちのお母さん言ってたから、コンソメ足してみようか」

「なるほどじゃあそうしよう」

サブレに菜箸を返しながら、なんでもないって顔をした。

湯上り姿はもう何度も見てて別に特別じゃない、とか、寝起きも朝ごはんのタイミング合えば見るから珍しくないとか、それは本当なんだけど、この同じ料理を味見するっていうので、こっそりここ最近ないくらいドキドキしてしまった。あの例のぶわっとはまた違うやつ。

未来をイメージしてしまったのかもしれない。ビジョンと想像力が大事だって部活でよく言われる。何もこんなところで発揮されなくていい。

味見イベントはもう一回あって、ようやく昼ご飯が完成した。サブレは大中小みたいな三種類の量にパスタを取り分け、自分は小の皿を取り、俺に大をくれた。

温野菜に胡麻ドレッシングをかけてじいちゃんの元に持っていく。孫の手料理に、じいちゃんは他のじいちゃん達と同じようにだろう、嬉しそうだ。

味は、めちゃくちゃ普通で美味かった。

ところでサブレの筋肉痛はすっかり治ったみたいだな。

「いや痛いよ！　でも慣れてきた。人が鈍感になっていく過程を今まさに味わってるとこ」

変わった楽しみ方を見出していた。サブレらしい。

らしいと言えば、昼食前に着替えてきたサブレの服装も。

あの虹っぽいスカートから変わってサブレが穿いてきたのが、色んな景色のポストカードを数十種類繋ぎ合わせて作ったみたいな、パッチワークのロングスカートだった。夕焼けとか星空とかもあるから色は昨日より弱いけど、これはこれでめちゃくちゃ派手だ。

「もしかして、めえめえ喪に服す意味で黒い服選んできた？」

「いや全然」

でも言われてみたらそう見えるかもしれない。その場合にサブレだけ浮かれた奴だと思われてしまう。昼食後、持ってきていたジーンズに穿き替えた。少しは明るく見える。

あっちの家族との約束は午後三時。おやつでも食べながらお話しましょう、と言ってくれているらしい。行きはじいちゃんが車で送ってくれて、帰りはあっちのおばちゃんが車で送ってくれる。もし険悪になったらどうするんだろうか、ちょっと思ってしまう。

出発までまだ時間があったというのが関係あるかはさておき、サブレはピスタチオを割り始めた。俺も一粒貰ったところで、スマホが震えた。

「お」

サブレが目をこっちに向けたので、訊かれる前に「ハンライから電話」と答えた。

「おー、どうしたんだろ」

「なんだろな、すいません、ちょっと外出てきます」

じいちゃんからは別に家の中で電話してもいいのにと思われたかもしれない。サブレは理解して手を振ってくれた。俺は玄関に行き、靴を履いて外に、そして電話に出る。

「おつかれ、どした？」

『めえめえどこいんの？　俺めっちゃ暇！』

「知らねえよっ」

いきなりのハンライの調子に笑いながら、せっかく並べたレンガを踏まないよう庭に下りて家からちょっと遠ざかる。

「じいちゃんちに来てる」

嘘で嘘じゃない。

『マジで？　んなこと言ってたっけ？　せっかく暇すぎて作った好きなAV女優の打線をめえめえに話そうと思ってたのに』

「何やってんだ」

『ちゃんとプロ野球選手に例えて話したい。もうちょっとねばっていいのに脱ぐの早いよなって女優は、ボール球にすぐ手を出す選手みたいな』

「暇かよお前」

『暇なんだよ！　めえめえ俺のために早く帰ってこいよ』

エビナもハンライも、自分のキャラクターみたいなのを全く崩さないのが笑えるし、ちょっと感心する。

ハンライは俺やサブレのクラスメイトで友達で下宿仲間。俺にとっては部活仲間でもある。こういうふざけた奴で、俺は多分、ハンライと一番仲が良い。昨日の昼も食堂で普通に会ったし一緒にアイスも買いに行ったのに旅のことを伝えなかったのは、サブレと遠出するっていうのが後ろめたかったからだ。訊かれなかったし。

「早くは帰らねえけど帰ったら聞く」

『めえめえも考えとけよ』

サブレと同じ家で生活してて出来るか。

だいぶ距離を空けた家の方をついちらっと見てしまった。俺らがこういう話をしてるの知ったら、どう思うんだろう。

『考え始めたら野球の見方もちょっと変わって楽しいぞ』

「俺普段からそんな野球見ねえからなあ」

ハンライは、中身こんなんなのに顔が結構爽やかな奴で、だからこそ女子に見損なわれることも多いと本人が言っていた。それを笑えるのとか、分かってて直さないのとか、すごいハンライっぽい。クラスや下宿ではすっかりそのキャラが浸透してる。あだ名も、食堂で注文する時なんにでも半ライスをつけてる、という馬鹿みたいなエピソードと、いっつも半笑いに見える抜けた表情が合わさって定着した。本人はもっと男らしくてかっこいいのがいいらしい。俺もそう。

「四番はなんとなく分かるけど八番とかなんなんだよ」

『守備重視で起用されてる選手だろ。俺はムードメーカーを入れてる』

馬鹿な話に付き合っているうち、「あ」とハンライが声をあげた。何かあったのか。

『そういやあさあ、俺が前にやってたお願いチキンレースあるじゃん？』

「お願い？　ああ、あれそういう名前なのか」

これを誰かに話して聞いてもらえば、ハンライのふざけた性格が一発で伝わる代わりに、きっとあいつのイメージを下げるし、ほんの少しでも自分が関わってると思われたくないから人に話さない、ってエピソードが俺の中にいくつかある。

その一つが、お願いチキンレース。そんな名前だったと初めて聞いた。

ある日の部活後、共用の洗濯機にハンライと服をぶちこんでいた時、あいつが突然意味不明なことを言い出した。

「どこまでならＯＫかな」

俺が訊く前にハンライは意気揚々と喋った。

「女の子に、胸触らせてくれとか抱き着くのは犯罪だけどさ、知り合いだったら手くらい触らせてくれるだろ？　じゃあ、ちゃんと頼んでみたらいけるのは実際、どこまでかな。女の子の思う良いラインと駄目なライン分かったらさ、今後恋愛をしてくのに有利なんじゃないかと思って俺はすげー頭を悩ませてる」

パンツしか穿いてない状態で何言ってんだ。でも正直、気にならないこともなかった。考えないこともない。けど、やっぱりハンライがよっぽどふざけてるのは、それをいきなりクラスや下宿の女子相手に試し始めたことだ。最高は二の腕までで最低は先輩から説教されたと教えてくれた。そこまででやめておけば無事だっただろうに、なんだかんだ笑って済ませてくれる相手に飽きたハンライは、エビナに何を言ったのか、腹に前蹴りをくらって自ら企画に幕を下ろした。ちなみにサブレは握手ＯＫ、手を繋ぐのは目的が分からなくて怖いからとＮＧ。ハンライは断られた上で「お腹は？」とかダメ元で訊いてみたらしくて、めっちゃ友達だけど蹴られればよかったのに。

『あれさあ』

「まさか学校にバレた？　退学になるんじゃねお前」

『その時はめえめえが全力でかばってくれ。いや、あれの結果をさ、売れって、昨日の夜エビナから言われたんだけど』

思わず「はあ?」とでかい声が出た。山が多いからか、ちょっと反響してしまい、焦る。

「結果？　売れってなんだよ」

『だから、俺が頼みにいった女子の反応を、覚えてるだけ詳細に教えろってさ。俺もてっきり、言わなきゃチクるぞって脅しかと思ってびびった。けど金出すって。それはそれで何かこえーから相談したくてめえめえ探してたのもあるのに、なんでいねえんだよ！』

「打順の前にその話しろよっ」

『どっちの話したいかっつったら分かるだろ！』

　ハンライの情熱はどうでもいい。エビナは何が目的なんだろう。昨日の夜ってことは、俺が罪悪感の話を訊いて、あいつが俺を蹴り飛ばす依頼をサブレにした後ってことかな。

『俺知らねえんだけどさ、いくらくらいが相場かな』

「売る気かよ！」

『やっぱ駄目？　悪用しないよう言っとけば別に、減るもんじゃないし』

　悪用しない奴がそんなもん金出してまで欲しがるわけがない。でもエビナの頭を持ってないからか悪用の仕方は想像がつかない。タイミング的に俺が無関係じゃないような気がして怖い。

「それで悪事に参加させられるかもしれないぞ。気をつけろよ」

『そうか、共犯で捕まるって一番ださいしな』

「主犯ならいいわけじゃねえだろ」

　エビナとハンライならどっちが主犯か、周りから見てあまりに明確なので、もし捕まったらハンライの願いはかなわないと思う。

　そして暇な友達には悪いけど、いつまでも電話で馬鹿な話をしてるわけにはいかない。

「ちょっと今から行くとこあるから、どうなったかまた教えて」

『え、どこ行くわけ？　プール？』

　そっちの方がだいぶ楽しそうだ。普通なら。

「自殺した人んち行ってくんだよ」

『うぇー自殺？　呪われるぞ』

「やめろって！」

　ハンライが不謹慎だから止めたわけじゃなく、何故か今まで考えもしなかった危険を急に突きつけられ手で払ったような感じだった。

　まさか、呪われるなんてないとは思うけど、ないよな？　確かに事故物件とかって自殺した霊が出るって言う。なんで昨日ばあちゃんの霊のことは考えたのに、もっと怨念のありそうな霊のことは考えなかったんだろう。

　言われると、ちょっと恐ろしくなってきた。俺達のしようとしてることって心霊スポットに遊び半分で行くのとあんまり変わらないんじゃ。

　ハンライとは忘れてなかったら土産を買ってく約束をして電話を切った。ついでに打線も作っとかないとダメらしい。野球よりサッカーの方が分かるからそっちにしてほしかった。

　家に戻りながら、エビナにラインを送る。

『ハンライから聞いた。そんなの買ってどうすんだよ』

　まさか俺が関係してるわけじゃないだろうなという意味だ。

　既読がすぐにはつかなかったので、俺はひとまず放っておいて、サブレとじいちゃんの待つ家に帰る。リビングで二人は車の部品が作られる工程みたいな番組を見てた。

「ハンライ、なんだった？」

「俺が下宿にいると思ってたらしくて、めっちゃ暇だって電話」

「あんなんなのに寂しがり屋なの面白いな。あんなんだからなのかな」

どっちなのか、そもそも寂しがり屋なのか分かんないけど、せっかく面白がってくれてるので、やっぱり何を話したか詳しくは言えない。

俺も椅子に座ってテレビを見ながら、エビナとハンライ、そしてダスト、ここにはいない友達のことを考えた。

エビナとハンライは暴力沙汰があったのに、食堂や学校で普通に話してるのを見るし、ラインも普通にしてる。ハンライが腹にダメージを負った前後も別にエビナが荒れてる様子はなかった。なのに、ダストとエビナが二人で話しているところなんて、あれ以来見ない。

種類は違ってもお願いで、ハンライの方がどう考えても真面目じゃないのに、なんでダストの時はあんなにキレていたのか。

エビナからの既読がつく前に、俺達は出発時間を迎えた。

乗用車の後部座席に高校生二人並んで運ばれていく。雲一つない空も、開けた景色も、突然現れる海も見ごたえがあって、それらを楽しんでるふりをしてれば誤魔化せた。ほんと、試合前みたいな気持ちだ。口も表情もぎこちなく固い。元々は、命のエネルギーみたいなものに触れる楽しみまじりの緊張だけだったのに、ハンライのせいで変な怖さまで出てきた。

サブレは横で窓を開けて目をつぶり、風を顔で浴びている。髪の毛を揺らしながら、その頭で何を考えているんだろう。

日差しでくりぬかれたり、影で塗られたりしている横顔を、じっと見てしまってた。そしたらある時、サブレがパチッと音がしたと思うくらい急に眼を開けて、全体的に白っぽい顔でこっちを見た。目が合ったから、見ていたのはばれたかもしれない。でもそのことに関しては何も言われなかった。

「めえめえ、お葬式行ったことある？」

「あるよ。小さい時に一回だけ。葬式が何かもあんまり分かってなくて、なんかイベントっぽくてわくわくしてたのは覚えてる。同い年ぐらいのいとこと走り回ってた」

「あーいるいるそういう子達」

「サブレはいつ？」

「私はあの家のばあちゃんが亡くなった時。もう小学校高学年だったけど、それでも最後の方までよく分かってなくて、火葬場で急にわんわん泣いた」

火葬場って単語をさらっと出したサブレにびっくりした。そのばあちゃんの旦那であるじいちゃんが目の前にいる今ここで。だけどそれは俺の感覚の問題だ。サブレの中じゃ別に避けるような言葉じゃないんだろう。呪われるの方がよっぽどだ。ハンライのやつ。

「ていうことは今からお参りするおじさんのには行かなかったんだな」

「うん。二つの意味で遠いから、一応話は聞いてたけどね。だからお線香あげるついでにって誤魔化しやすかったな」

「誤魔化し？」

運転席から聞こえた声に、一回サブレの表情がぴくっと揺れるのを俺はしっかり見てた。サブレのうっかりに俺も黙る。前に顔を向けると、いかついサングラスをかけたじいちゃんがバックミラー越しにこっちを確認していて、それからあの悪い笑顔になった。

「なんだ司、悪だくみか？」

「全然、いくら授業で必要でもさすがにいきなり自殺について聞かせてほしいっていうのは気が引けたから、最初お参りの話から入ったってこと」

落ち着き払って嘘をつくサブレ。俺の周りの女子達は肝が据わっている。と言ってもじゃあ、本当の目的は悪だくみなのかというと、それも違う気がする。だからサブレの「全然」の部分は間違ってない。命について、話を聞きたいという好奇心とか興味は別に悪いことじゃないよな。もし、サブレが言うように相手が喋りたがっているとすれば、ウィンウィンの良いことですらあるかもしれない。

じいちゃんの考える悪だくみってどんなのだろう。

若いころにやばいことをやっていそうな雰囲気もあって、気になる。けど友達のじいちゃんに「若いころ悪かったんですか？」なんて言えるか。後でサブレに訊いてもらおう。

「葬式って独特の空気感あるよね」

嘘を嘘と見破られないためもあったのか、サブレが話を戻した。

「ちびめえめえが走り回るみたいにちょっとみんなが高揚してる感じもあるし」

「クラスではでかい方だった」

「でもまだ子羊でしょ」

「まだめえめえって呼ばれてねえよ」

じいちゃんと会話した名残で前を向いたままふははっと笑うサブレに俺は「うん」って頷く。

「会場全体キラキラしてるし、みんな集まってるし、寿司とか唐揚げとか出てくるしで、子どもにとってはイベント感がすごかった」

「そうだね。そういう目に見えるものプラス、私、葬式場のあの感じってやっぱり命が凝縮されてるんだと思ってるんだよね」

「まあ、人の最後を見送る場所だもんな」

「今から見せてもらう部屋にも同じ雰囲気はあるのかな？」

「似た感じは、しそうだけど」

またハンライの適当な忠告が思い出されてぞくっとした。俺がいつか幽霊になったとして留まってる場所に知らない高校生が入ってきたら、追い払うくらいすると思う。

そういう風に、もし幽霊がいることを前提にするなら、サブレのばあちゃんからは今のところ何もされていない。受け入れられたのか。無視されてるのか。どっちもどっちで複雑だ。やっぱりいない方が良い。

いつまでも、かもしれないでしかないことを俺が考えていたら、サブレの脇に置いていた紙袋が曲道でこっちに倒れた。俺が起こしたそれの中身は、学校近くの菓子屋さんで売ってるちょっといいクッキー。サブレがこっそり持ってきていた。これは今から行く家の娘、中学生の女子へお土産らしい。ちゃんとしてる。

「もうすぐ着くぞ」

じいちゃんの予告で俺は黙った。

それまでも一定時間は喋ってなくて、でもそこからまた一段階、ちゃんと黙った感覚があった。薄目と目をつぶる違いみたいだった。サブレはどうなのか、ただ喋らないだけなのか、俺みたいに黙ったのか。

やがて車は普通の一軒家の前に停まった。じいちゃんに促され、後部座席から二人で下りる。サブレは紙袋と膝に抱えていた小さいトートバッグを持っている。中にノートと筆箱が入ってるらしい。

運転席の方へと周り、じいちゃんに礼を言った。「何かあったらいつでも連絡しなさい」と悪そうなドライバーはサングラスを光らせた。

それから。

「司、そして瀬戸くん」

優しく微笑んで、俺達の名前を呼んだ。

「私がこの年になって改めて感じることだが、死はどこにでもあるというのに、本質的には理解のしようがない。考えつくすのはいいことだ。しかし、ひっぱられすぎないよう、どこかで線引きをする注意も必要だぞ」

激励だというのは分かった。ただ、ひっぱられるというのが心霊番組とかで聞くワードだったから、じいちゃんも呪いみたいなものの話をして脅してるんだろうかと思った。

サブレの方を見ると、想像より笑顔でそこに立っていた。

「ひっぱられるくらい、感じたくてきたんだ」

サブレの宣言がちゃんとアンサーになっているのか俺には分からないまま、じいちゃんはまた悪い笑いを浮かべ、車は走り去っていった。

「行こうめえめえ」

俺達はこの旅のメインイベントのため、家へ近づいていく。

心のどこか、実は既に少しの寂しさを感じ始めていた。今がこの旅の盛り上がりの頂点だと思うと。試合の日、自分の番が早めに終わったらあとはだらけてしまう時間を想像する。意気込むサブレはそんなこと全く考えていないんだろう。

サブレと二人でいれるのも、あとたった二日。それが俺の夏休み最終日みたいなもん。あとは部活の日々だけ待っている。めちゃくちゃ嫌なわけじゃない。でもサブレはいない。

だから俺もこの時間を思いきり感じなきゃいけないなと思った。忠告を無視して、じいちゃんには悪いけど。

サブレが門の前で一度頷いてからインターホンを押す。すぐに返事があった。思ったより潑剌としてて、意外だった。恋人、夫、家族、それを失った人がどれくらいで立ち直るのか知らないのに、勝手に暗い想像をして身構えていた。でもこれは嬉しい誤算だ。こっちも暗い顔をする必要はなくなる。例えば先輩が大事な試合で負けた時、こっちまでなんとなく暗い顔をするのは正直だるい。

ドアが開くのを待っていると、サブレが横で「あ」と何かしら見つけたような声を出した。見ると、彼女もこっちを見ていた。

「さっきひっぱられるくらいって言ったのは、別に死者の国に行きたいとかそういうんじゃないから」

「なんかこう、話聞いてちゃんと共感するため、ギリギリを攻めるみたいな感じだと思ってたけど」

「まあそんな感じ。めえめえには伝わってたか、よかった」

大きな口が、子どもの描いた笑顔の絵みたいになるのを見た瞬間、ドアが開いた。サブレのおばちゃん、にあたるのか？　ひとまずおばちゃんが、玄関から出てくる。

「いらっしゃい」

さっき聞いた声の通り、想像してたよりもずっと元気そうだった。

「お久しぶりです」

「っじめまして」

それぞれにこっちから挨拶すると、おばちゃんは優しい態度で迎え入れてくれた。その顔に、俺達が抱いてるような緊張感はなかった。

家の中に入るとここも線香の匂いがした。それがぎりぎり俺の脳に、ここで人が死んだんだっていうのを思い出させた。玄関は広くて、廊下からリビングに辿り着くまで風呂トイレとは別で三つのドアがあった。どの部屋なんだろうか。

綺麗なリビングの、隣の部屋がサブレのじいちゃんちと同じように畳になっていた。そこに小さめの仏壇が置いてあり、リアルタイムで線香から煙が出ている。

「先にお線香だけあげさせてもらってもいいですか？」

サブレの提案が断られることはなかった。俺はこういう作法が分からないから、サブレのばあちゃんの時と同じくただ流れに従う。仏壇の前に置かれた座布団にサブレが正座し、線香をあげて合掌する様子を見て、交代で真似した。

俺達はリビングのテーブルにつくよう促される。座ってから早速サブレはおばちゃんにクッキーを渡した。すぐふたを開けられたクッキー缶が、三人の中心に置かれた。

「実はおやつにアイスがあるんだけど、娘が帰ってきてからでもいい？」

嫌だ、と言う高校生がいるわけない。あのハンライでも言わない。おばちゃんは代わりにと、冷蔵庫に入っていたアイスコーヒーを出してくれた。水出しらしい。普通のとの違いは分からない。俺はシロップとミルクの両方を、サブレはシロップだけを入れた。

それぞれの味がするコーヒーを飲みながら、まず自己紹介をした。サブレは当たり前だけど知られているから、おばちゃんとの関係性を俺に話してくれる。何年ぶりに会ったとかそういうのだ。俺は当たり前にめえめえとは名乗らなかった。瀬戸洋平という名前、鳩代司の友達で、同じクラスの下宿仲間、今回課題の関係で同行させてもらった。俺もサブレみたいに嘘をついた。

「友達なの？　カップルじゃなくて？」

サブレのじいちゃんが当たり前みたいに無視したのもあったから、そういう話題を突き付けられた時の心構えを俺はしてなかった。サブレはしていたのかも、即座にあははっと笑った。

「友達だし、下宿ですぐ横の建物に住んでるからちょっと家族って感覚かなあ」

実際に本当のことだ。それがどれくらいサブレの中での気持ちと重なっているのか気になりながら、頷いた。

「へえ、それって新鮮だな。私が通ってた中高には寮もなかったから。十代の頃から仲間達と共同生活っていうのは司ちゃん達いい青春してるねえ」

「いや私は全然、め、ん、瀬戸は毎日部活でいかにも青春してます」

呼び方は事前に決めていた。自分達で言うことじゃないけど、サブレとめえめえってあだ名はすげえ馬鹿馬鹿しい。アイデンティティや自己認識はともかく、シリアスな話をするのに呼び合う名前じゃない。来る前、やっぱり俺は司さんって呼ぶべきかと訊いたら、「司さんって呼ばれるのもこっちが洋平くんって呼ぶのも笑っちゃうからやめてくれ」だそうだ。結局、教師達から呼ばれる瀬戸と鳩代で手を打った。サブレ、ミスりかけたな。

「それで焼けてるんだ、スポーツは何をやってるの？」

おばちゃんから自然な流れでそう訊かれ、俺はじいちゃんにしたのと同じような説明をした。今回は邁進よりも結果を褒められた。

俺の部活の話から、じゃあサブレはどうしてわざわざ下宿してまで今の高校に通っているのかという話になった。俺は知っているけど、サブレの話に黙って耳を貸す。特に珍しい理由があるわけでもなくて、偏差値に見合った高校が実家から毎日通うには遠すぎたってだけだ。エビナもそう。ちなみにエビナは余裕で特進クラスに入れる学力を持ちながら俺達と一緒の一般クラスにいる。理由は「長ったらしい補習も量だけ多い宿題も自分で勉強できない奴がやればいいいんだよ」らしい。言い方悪いな。

下宿の話が終わったところで、空気に包丁が入ったみたいにスッと会話の途切れた瞬間があった。俺はグラスから伸びたストローに口をつけ会話の権利を誰かに渡す。受け取ったサブレの、すぅっと息を吸う音が聞こえた。

「改めて今日は、不躾《ぶしつけ》なお願いを受け入れてもらって、ありがとうございます」

ブシツケなんて言葉、友達が使うのを初めて聞いた。文脈と響きから良い意味ではなさそうだ。丁寧なサブレに、おばちゃんは苦笑して首を横に振った。

「ううん、いいの、司ちゃん達の勉強に少しでも協力出来たら、あの人も報われると思う」

おばちゃんの視線が、俺達の背後にある仏壇へと向いたのが分かる。

部活中、俺達はよく試合相手の視線を見てその行動の意図を感じろと言われる。もちろん上手い奴はそれすら利用してくるから信用し過ぎるものじゃない。

だからこの瞬間のおばちゃんの視線が仏壇に向いた理由も俺の想像で、信用していいものじゃない。

少なくとも俺には、おばちゃんが愛情とか、弔いとかで仏壇を見たんじゃないように思えた。

でも、それが正解だったところで当たり前のことなのかもしれない。家族を残して死んだんだから、少しは恨みみたいなのもあるかも。

サブレが鞄からノートと筆箱を取り出す。俺はスマホにメモさせてもらうことを伝える。

「どうしよう、先に部屋を見る？」

二択を迫られて、俺はサブレの顔色を確認した。サブレはおばちゃんに目をむけたまま、頷いた。

「確かに、話を聞いて先入観が出来る前に見せてもらえたら、嬉しいです」

先入観も部活でよく言われる。大抵は今サブレが言ったように持つなという意味で。

俺が賛成すると、おばちゃんは頷いて椅子から立ち上がった。俺もサブレも続いて立ち上がる。

「特に何があるわけじゃないんだけどね」

おばちゃんは多少申し訳なさそうに笑ってそう言った。俺は真に受けなかった。だって人が自殺した場所だぞ。横でサブレが「それも含めてなので大丈夫です」って言った。

悔しいけど、俺よりずいぶん根性があるみたいなサブレの後ろについて行きながら、ハンライに言われたことと、何故かユーチューブで見た心霊写真のことを思い出してドキドキしていた。変にきょろきょろもしてしまう。サブレは堂々と前を向いておばちゃんの背中を追っていた。かっこいいなお前。

俺達は玄関から一番近い、閉じた扉の前に立った。L字のドアノブにおばちゃんが手をかけようとするのを見て俺はつばを飲み込み、サブレは声を出した。

「すみません、開けさせてもらってもいいですか？」

「え、うん、いいけど」

おばちゃんが一歩横にずれて、扉の目の前を譲った。俺もだけど、おばちゃんもサブレの要求の理由が分からなかったみたいだ。ラッピングされたプレゼントじゃあるまいし、自分で開けることに何か意味でもあるのか？

どうせサブレらしい理由は後で聞こう。そう思っていたら、彼女がこっちを見た。

「一緒に開ける？」

正直開けたいなんて別に思ってなかった。でもサブレがL字のドアノブに載せた右手を根元側にちょっと詰めたから、俺は消極的に頷いて左手でドアノブの先を握った。ドアノブなんてそんなに長くないので、手の端と端が触れる。わいてくる、言葉になるほどでもない嬉しさが場違いすぎて、ちょっと笑えて来た。

「じゃあ、開けます」

後ろで待つおばちゃんはこの変な二人をどう見てるんだ。了承の返事をくれた。それを合図としてサブレがドアノブを下げ押し出す動きに俺も付き合った。

開いた部屋の中から、弱い風が俺達の顔を触った。線香とは違う匂いで、見ると窓が開いていた。

中身のない本棚と机に椅子、空っぽのカラーボックスが置かれた静かな部屋を、くるっと一周、俺は見回す。びびって勝手に想像してた血痕なんて壁にも床にもないし、これもびびっていた生き物が腐ったような臭いもしない。

窓の外から、そばを走る車の音がした。

「……何もない」

その小さな呟きは自分が言ったのかと思った。全く同じことを思っていた。

「そうなの、もう遺品もあらかた処分しちゃって」

おばちゃんが補足してくれた。けど、サブレから漏れた言葉はそういう意味じゃない気がした。少なくとも俺は、そういう意味で全く同じことを思ったんじゃない。

俺はここに来るまで、ぐっと気持ちを締め付けられるような、死にまつわる見えない何かがそこにあるはずだと、予想した。

葬式場や、ちょっと種類は違っても、子どものころ連れて行かれた戦争についての資料館みたいな雰囲気を、勝手に想像した。

それにびびってたし、期待してたんだ。

なのにここにあるのは、まるで最近まで誰かが暮らしてて引っ越したばかりみたいな、清潔な雰囲気と風だけ。

人が死んだなんて、言われなきゃ絶対に分からなかったと思う。

「部屋、綺麗ですね」

サブレの問いに合わせておばちゃんの方を見ると、彼女は一度頷く。

「首を吊っていたんだけど、部屋が汚れないように自分でブルーシートを敷いててね。変に生真面目よね、これから死ぬっていうのに」

俺達を冗談で和ませようって様子がおばちゃんにはあった。残念ながら、その話は部屋の事実よりずっと俺を不気味な気分にさせた。死ぬ前の人間がせっせとブルーシートを広げている現場って、ホラーだ。

「あとは、見つかった時にはまだ意識不明の状態だったの。ここで亡くなったわけじゃないから、事故現場みたいな雰囲気がないのかもしれないね」

「あ、なるほど」

俺の口をついて出た納得は本心からだった。それなら、生や死について雰囲気も空気も感じないというのは、分かるかもしれない。死んだ現場じゃないんだ。呪われもしないだろう、よかった。

俺はなんとなく、心のつかえみたいなものが取れた気がした。サブレは、さっきより随分難しい顔をしていた。

「そういうことなのかな」

どういうことなのか。分からなかったし、何かを一生懸命考えている感じだったので邪魔はしないでおいた。けど、俺が話しかけなくてもサブレの思考は一度中断された。

玄関の方から鍵の開く音がした。

人の気配に、おばちゃんが部屋から出て「おかえり」と言う。それに対する「ただいま」と一緒の声が部屋までやってきて、「こんにちは」だけ残して去っていった。眼鏡をかけた女子だった。

彼女の帰宅をきっかけに俺達は自殺部屋の見学を終えることにした。おばちゃんがおやつの用意をしてくれるというので、リビングのテーブルに座っておやつと、さっきの眼鏡女子の到着を待つ。

何げなくサブレを見たら、あっちも俺を見てた。

「葬式って生きてる人間が装飾とかで大げさに作った雰囲気だったんだね。命の力だと期待してた」

サブレが声をひそめたのは正解だったと思う。期待って言葉は、思い浮かべるならともかく、口にするにはいかにもよくなさそうだ。

「部屋で亡くなってたらまた違ったかな」

俺も声をひそめる。

「でも死ぬ意志を固めて実行したのはあそこでしょ。思念みたいなものが残るなら、病院じゃなくてあそこだと思う。さっき期待って言葉はよくなかったな。言い直していい？」

「うん、何？」

「想像してた、だ」

俺しか聞いてないところで、サブレの小さなミスと反省が線香の匂いに溶けていく。そんな風に本当に感じた。この部屋になじんでいくような。窓が開いていればまた印象が違ったのかもしれない。

おばちゃんがお皿とスプーンを四人分持ってきて、それからサーティワンアイスの箱をテーブルの上に置いた。午前中にわざわざ買ってきてくれたらしい。

間もなく、さっきの眼鏡の子がリビングに現れた。格好はTシャツにハーフパンツ。高校生ではなくちゃんと中学生に見える。事前に聞いてたからかもしれない、例の先入観ってやつだ。

彼女はもう一度「こんにちは」と言ってサブレの前に座った。俺達も挨拶を返したら、彼女は真顔でスマホを見始めた。別にニコニコしてほしいわけじゃない。ただどういう気持ちなのか分からない。俺が実家にいた時、親の知り合いが家に来てたら、どんな風に思ってただろう。「なんだこいつら」か。それだ。

三人の間の持たなさを感じてくれたのか、すぐおばちゃんも俺の前、女の子の横に座った。

「まずは溶けないうちに選んじゃいましょ」

開けた箱の中には、アイスが六種類、それぞれカップに入って並べられていた。何が何か、イチゴ系とチョコ系とバニラ系、あとチョコミントがあることくらいは分かる。俺はそこまでアイスにこだわりがないから、一個一個がマックのハンバーガー何個分の値段かっていうサーティワンには、子どもの時以来行った覚えがない。

「お客さんからどうぞ選んで」

せっかくの提案だったけど、俺達は二人とも遠慮してまずは中学生女子に選んでもらうことにする。年上三人に選択を迫られた彼女は、「じゃあ」とだけ言うとイチゴっぽいアイスの入ったカップを取って、すぐにスプーンで食べ始めた。

次はサブレに選んでもらう。俺は美味しければ割とどれでもよかったし、なんとなくアイスを女子より先に取るのが恥ずかしかった。サブレは一番派手な、何味なのか一目では分からないアイスを選んだ。ベースが青と白で赤い粒粒が入ってる。

「すごい色だなそれ」

思わず言うと、おばちゃんも頷いていた。中学生はスマホを見ながらアイスを食べている。

「中にパチパチってする飴が入ってるんですよ」

説明に二人して頷いてから今度は俺の番、一応迷っていると、サブレが横からアドバイスをくれた。

「ボリュームあるのだったら、これかこれだと思う。ロッキーロードと、ラブポーションサーティワン」

「詳しい。さすが女子」

名前を言ってくれてよかった。ラブって言葉が入ったアイスは誰の前だろうとかなり選びにくい。俺はどう見てもチョコレート味なロッキーロードを選んだ。後で聞いたら、サブレはエビナと二人でゲーム対戦をする時、よくサーティワンアイスを賭けるらしい。サブレが巻き上げられてなければいいけど。

おばちゃんはシンプルなバニラっぽいのを選び、箱はいったん、冷凍庫に下げられていった。

これからの話は一端さておいて、全員でまずはアイスを一口ずつ食べる。高校生二人の「いただきます」以降、静かで、横のサブレから本当にパチパチ音がしてきて笑いそうになった。ロッキーロードは中にナッツとマシュマロみたいなのが入ってて美味い。

俺らが二、三口食べたところ、もう半分以上食べていた眼鏡の中学生は母から自己紹介を促された。面倒くさがってやらないんじゃないかという気がしたのは、俺の思い違いだった。

彼女はスマホとスプーンを置いて、こっちを見る。

「彩羽《いろは》です。はじめまして」

おばちゃんが彩羽の漢字を説明してくれたことで、初めて頭の中で文字を書けた。この子も鳥関係の名前だ、って違う、サブレは苗字だ。自己認識じゃない他者認識っていうのか？　サブレはサブレだから、どうしても鳩が彼女のイメージにくっつく。

「私は鳩代司っていいます。彩羽ちゃん、覚えてないと思うけど、小さい時に一回会って て」

「ちょっと、覚えてない、です」

真顔がちょっとだけ申し訳なさそうな顔になった。別に機嫌が悪いわけじゃないみたいだ。

「ううん、私もぼんやりだから。それに全然、敬語じゃなくていいよ。たった三つしか違わないし」

もし彩羽が、いや実際に呼び捨てにするんじゃないけどサブレみたいにちゃんをつけるのも違う気がするので彩羽としておく、彩羽がもし部活をやってたら、三つの違いは相当の差だろうと思った。

「俺は、鳩代と同じ高校の友達で、瀬戸洋平す。はじめまして」

彩羽が困った顔をしてるように見えたから、話を区切る気持ちもあって自己紹介を済ませた。今度は不思議そうに見えて、俺はまた下宿仲間がどうだの、授業がどうだのと説明をした。彩羽は何度か頷いてくれた。

話しながら、正直、死んだ父親のことを訊きに来た奴らに対して相当サービス精神があると思った。そもそもここに大人しく座っているのがそうだ。俺なら、絶対この時間出かけてる。

「彩羽ちゃんもありがとう、突然だったのに」

サブレも同じ印象を持ったのかもしれない。彩羽は表情少な目に「いや」と言った後、母を一度見て、アイスを一口食べた。おばちゃんが誇らしげに「この子、強いから」と付け加えた。

アイスが無くなるまで待つのもなんなので、早速、俺達はおばちゃんから旦那さんが亡くなった日の様子について聞くことになった。サブレはノートを広げ、俺はスマホのアプリを開き、授業の為にメモを取る準備をする。嘘だけど。

詳しく話を聞いていくと、やっぱり彩羽は部活をやっていた。

おじさんは娘に自分の死体を見られたくないと思ったらしく、数か月前の休日、彼女が部活に出かけている間に首を吊った。

もちろん第一発見者はおばちゃんだ。虫の知らせがあったのかもしれないと、言った。普段なら部屋にこもっている旦那に声をかけることは少なかったのに、その時に限って彩羽の進学について相談をしようと思い立ったらしい。かなり早い発見だったが、意識不明の状態のままおじさんは病院で亡くなった。

「どれもし、言えないなら大丈夫なんですけど」

あの部屋に拍子抜けしておきながらおばちゃんの話ですっかり重い気持ちになってた俺を無視し、サブレはいくつも質問を並べた。救急車のこととか、病院での詳しい流れとか。中でも直球の質問がサブレの口から飛び出した時には、おばちゃんもすぐには答えられなかった。

「自殺の理由って分かったんでしょうか？」

よく訊けるな。

すげえし、やっぱちょっと変だ、こいつ。

おばちゃんは一度、横の彩羽を見た。それから娘の背中を触り、前置きした。

「この子も知ってることなんだけどね」

彩羽はアイスを食べ終わって、スマホを操作していた。

「うちの人は、外で不倫をしていて、そのことが私達を含めた周りに知れたの。生真面目な人だったから、気に病んで、自分を責めていたんでしょうね」

まさかの、まるで想像していなかった答えに、驚いた。

その途端、妙に自分の息を吸う音が大きく聞こえてきた気がした。

俺はまず勝手に彩羽を心配した。知ってたとして今改めて娘の前で言うべきことなのかと。それから思わずサブレの方を向く。彼女はノートに書いた生真面目という文字を、じっと見ていた。

俺は次に自分のことを不思議がった。サブレが言ってたように最初から色んな可能性があったはずだ。なのに俺は自殺した人を完全な被害者だと決めつけてた。何故だろう。

多分、死自体や、自殺ってことのマイナスイメージが強すぎるからだ。

いやでも、不倫して気に病んで家族残して自殺って、そんな。

自分勝手極まりなくないか。

黙ってしまった俺を、サブレは、また無視した。

「兆候《ちょうこう》は、あったんですか？」

落ち着き払って質問をぶつけるサブレ。そうなれない自分が、ちょっと、悔しくもある。

男のくせにそこまで強く出られない。身内や親戚でもないのにってのは当然あるにせよ。

「兆候かあ、どうかな、後から思えばっていうくらいね。急に献身的になったり、私達にプレゼントを用意したりして、それでも、罪悪感を拭い去れなかったんだと思う」

この場合の罪悪感は、エビナのと違って意味がちゃんと分かった。そして単純に、そんな後悔するなら不倫なんてすんじゃねえよって、思った。

手元を見ると、残ったロッキーロードが溶けて、白いマシュマロが顔を出している。話に聞き入って、食べるのも、メモするのも忘れてた。

「じゃあ本当に、魔が差したんですかね」

「そうね、不倫も自殺も。良い人過ぎたのかもね」

良い人が不倫すんのか？　おばちゃんの言う、良い悪いが分からない。

頭の中のごちゃごちゃを少しでも解消出来ないかと、味が薄くなったコーヒーを飲んだ。

特に何が変わることもなくて、大人しくグラスをコースターの上に置く。

「良い人が不倫なんてするのかって、司ちゃん達は思うかもしれない」

口の中のコーヒーを飲み終わっていてよかった。危なく噴き出していた。考えを読まれたのか、それとも、やっぱりみんなそう思うんだろうか。俺は、思った。サブレは知らないけど、思っててほしかった。なんとなく。

「でも、大人にはたくさん複雑な悩みがあってね、そのしわ寄せを家族に向けない為に、外でバランスを取ろうとすることだってある。だから、あの人は不倫をしてた、だけど良い人だったってことに私の中で違和感はないの」

おばちゃんが優しい顔でする聞いたことのない種類の話に、納得しかけた俺は、頷かなかった。だって、結果として自殺して家族に迷惑をかけてる。何一つバランスを取れてない。それに、色んな複雑な悩みを持っていたって不倫をしていない大人はいるはずだ。おばちゃんはどうなんだ。

もやもやとした気持ちはあった、けど、相手を嫌な気にさせない塩梅で言葉にすることが、俺には出来なかった。だから黙ってた。

今この場で、俺と彩羽がじっと、黙ってた。

「それは、私にはない考え方でした。参考になります。もちろん課題で、不倫についての詳しいことは書かないので」

「そうね、もう終わったことだし。って言いながら、私もまだ実感が本当のところではなくて。今でもふらっと帰ってきそうな気がする」

「確かに、私も小さかった時、おばあちゃんが亡くなってしばらく、またいつでも電話出来るような気がしてました」

「おばあちゃんの時もそうね。だから彩羽もまだ現実味がないと思う」

「私はある。勝手に言わないで」

それはまるで、待ち望んでいたボールを打ち返した一閃が見事に決まった時に生まれる、一瞬の静けさみたいだった。

この空気を俺は感じたことがある。自分以外の時間が止まったのかと思う、あの感じ。

彩羽が、全員の視線と言葉を奪った。

「お父さんが死んだって私は実感してる」

唐突な参加と反論に、おばちゃんは驚いた様子だったけど、すぐ娘の言っていることを飲み込んだ。

「彩羽の方が私よりよっぽど大人かもしれない」

おばちゃんは笑顔で、何故か彩羽ではなく、俺らに向いてそう言った。

そして前もやっていたように彩羽の背中に添えようとした手を、払いのけられた。

俺はぎょっとする。

彩羽は、さっきからずっとスマホを見たままだ。

「お母さんって、ほんと、良い話っぽくするのが好きだよね」

「は、え？」

おばちゃんは、分かりやすく困惑する。母親に分からないなら、俺達に意味が分かるわけない。「どういうこと？」なんて訊けるわけもない。だからやっぱりここは、矢を向けられた本人に訊いてもらわなきゃいけない。

「彩羽、どういう」

「さっきから言ってること、嘘ばっかりだ」

そこでようやく彩羽は、母親の顔を見た。

「お父さんは、私達が殺したんでしょ」

そう言った彩羽はまだ、真顔のままだった。


「殺した？」

思わず口をついて出た。久しぶりに言った言葉がこれは物騒過ぎるけど、仕方ないだろ。何がどういうわけか、少しでも分かりたくて、俺は彩羽を見ておばちゃんを見てサブレを見る。誰もこっちを見てはなかった。

「首吊り自殺の、話は？」

サブレはさっきまでと違って、明確な意思のある声色を使っていなかった。俺と同じように、ただ頭の中身が出てきたみたいだった。

それら二つの質問を、おばちゃんは初めて無視した。

「何言ってるの！」

怒鳴っているのか悲鳴なのか、とにかくビビった。横にいるサブレの椅子がガタッと鳴る。

そのおばちゃんを、今度は彩羽が無視した。

「首吊りは、首吊り」

彼女はサブレを見てた。次に俺を見た。

「でも殺したみたいなもんです」

「彩羽！」

おばちゃんに腕を摑まれても、彩羽はこっちを見たままだ。これは何が起こってるんだ、今。整理がつく前に、彩羽がゆっくり口を開く。

「お父さんがまだ十代の人と不倫した後、私達はずっとあの人を毎日毎日、いじめていました。私は本当に気持ち悪かったし、お母さんもそう言ってた。友達や近所の人にも知られて、本当に嫌だった。だから、死ねばいいと思って、死体や、ばい菌みたいに扱った。そしたら我慢できなくて、自分で死んでしまいました」

動画が音ずれしている時みたいだった。彩羽の動作や表情はゆっくりなのに、声と言葉は早口に聞こえて、さらに混乱した。

「彩羽、遺書にはそんなこと書いてなかったでしょ」

「もう耐えられません、って一言をどれだけ勝手に受け止めてるの？」

娘はちらっと母を見て、その目はまた俺達の方に戻ってくる。

「遺書には、もう耐えられませんごめんなさいって書いてありました。私は、お母さんみたいに、その手紙だけで、謝ってくれた、良いお父さんだった、なんて、思いません。周りで変な噂をたてられたのも、いなくなった友達がいるのも、犯人が死んだから全部許そう、なんて思いません。だから、私達が、殺したんです」

実感がこもっていた。

「死ねって、私はずっと思ってました」

言い切る彩羽を、冷たくて、残酷な、悪い奴だとか、思わなかったし、サブレも思ってるわけない。言ってる途中から、彩羽は何度も目を手の甲で拭いていた。平気じゃない。けど何かしら決めた考えがあって話してるんだ。

これを言うため、今日ここにいたのか。

じゃあ受け取った俺達は何をしたらいいのか、言ったらいいのか。

考えても、そんなの分かるわけがない。初めて会った中学生の女の子が、目の前で、自分が父親を殺してまだ憎んでるって言ってる。なんでそれを言ったのかも分からないし、彩羽の気持ちは無視して俺の意見を言うとして、想像したこともないから、伝えられることが今のところない。

本当ならこういうのは大人に任せておきたいとこなのに、おばちゃんは呆然としていて、彩羽を見たまま、へなっとしてる。気持ちは分からなくても、そうなりそうなのは分かる。

彩羽が洟《はな》をすする音だけが聞こえるリビングで、俺はふと、なんでこんな場所に来てしまったのかと今更の疑問を持った。

根本的に見失いかけたところで、横から声が聞こえた。

今日何度目か、出会って一体何度目か、この友達をすごいと思った。

「まとまらないけど、私の意見を言ってもいいかな」

サブレの勇気に、彩羽が頷く。

「ありがとう。彩羽ちゃんのお父さんは、優しい人だったのかもしれない。お母さんの言うことも全部は間違っていなくて、彩羽ちゃんもお父さんを好きだったことが、きっとあると思う」

彩羽は頷かなかった。ただまた洟をすすった。

サブレは、一呼吸おいて続けた。

「でも、そんなことは、彩羽ちゃんがお父さんを許さなきゃいけない理由にはならない」

放たれた強い言葉に、俺は黙って緊張する。

「おばさんの考え方と違うんだけど、私は、死ぬってことは、なんでも許される免罪符じゃないと思う。彩羽ちゃんがお父さんへの罪悪感を持つ自由と一緒に、お父さんを許せないって気持ちを持つのも、きっと自由なはず」

虹の話を、思い出していた。サブレは自由を求める。

「だから、正直に怒っていいと思うんだ」

そしてこれもサブレ自身が言っていた。自由は、取り扱いが難しい。

彩羽は、サブレの話を聞いて、また両目を手の甲で拭った。

それから今までの真顔や、細かい表情からは考えられない、強い強い目でサブレを睨みつけた。

「じゃあ、私のお父さんが死んだのを夏休みの思い出にしようとしないで」

すぐさま彩羽は立ち上がり、ちゃんと俺のことも睨んで早足にリビングを出ていった。

俺は思わずその背中を目で追った。彼女がいなくなってから、他の二人を見る。おばちゃんはまだ、へなっとしていた。

サブレは目を大きく開けたまま、彩羽が座っていた場所に目をむけている。

一応というか、当たり前だけど、俺は基本的にサブレの味方だ。

それは、この子のことを好きだという気持ちからってよりも、友達として、仲間として、味方になってやりたいってことだ。

だから彩羽に対しては、そこまで言わなくてもいいだろ、という少し注意したい気持ちがわいてきていた。

でも実は同時に、サブレの気持ちより彩羽の気持ちの方を分かる気もしてた。

彩羽は怒っていたんだ最初から。俺達にも、母親にも。だから戦うつもりで、言ってやるつもりで今日、このテーブルについた。表情が少なかったのは、緊張してたのかもしれない。

試合前みたいな気持ちだったのかな。俺は味がもっと薄くなったコーヒーを一口飲んだ。

「ごめんなさい」

おばちゃんから、力ない謝罪があって、俺はよく意味も考えず「こっちこそ」と返した。

「あの子、普段あんなことを言う子じゃないの。きっと、久しぶりに色々思い出したんだと思う。良い子だから、怒らないであげて」

「そりゃ、もちろん」

違う。

頷きながら、俺はちゃんと、おばちゃんは間違ったことを言ったと思っていた。母親が間違ってることをなんで初対面の奴が理解できるんだって俺も思う、けど多分、この話に関してだけは俺が正しい。

久々に思い出したんじゃない。彩羽は全く忘れてなかったんだ。

サブレの方をもう一回見る。

こんなことになって、俺達の課題はどうなるんだろう。

嘘だったはずなのに、俺は本気で心配をしてしまった。サブレのノートに、生真面目、の後が何も書かれてなかったから。

「引っ越すつもりなの」

俺達二人の前に新しいコーヒーと、余ったアイスクリームを二つ出してくれたおばちゃんが、椅子に座り直して言った。アイスは、サブレがミント嫌いだと知ってたからそっちをもらった。どっちだろうと、サブレは食べないかもしれないけど。

「あの子が言うように暮らし辛くなってしまった部分はあってね。関東に住んでる姉が、仕事を紹介してくれることになったから、そっちに。だから二人が住んでる場所にぐっと近くなるの」

そう言われても、彩羽を怒らせた俺達が会うことなんてないだろ。少なくとも俺はないと思った。なのに、おばちゃんは考え方がずれてるのか、確信犯なのか、意外なことを言った。

「二人とも、よかったらまたいつかあの子と話してくれない？」

なんで？　と俺が言ってしまう前に、おばちゃんがその先を付け加えた。

「父親が亡くなってから、あんな風に感情的になる彩羽を初めて見たから」

付け加えられても分からなかった。けど、なんで？　と訊くのはやめた。どうせ訊いても分からなそうな気がしたからだ。「そうすか」と曖昧な返事をした。

娘に感情的でいてほしいというのは、サブレが昨日言ったみたいに大人の押し付けで気味が悪かった。そりゃ、彩羽がもう一度話したいというなら暇な時に断らなくてもいい。でも、それ以外の人間からの願いで一度キレられた相手に会う必要はないと思う。

それが俺の気持ち。サブレは？

横を見ると、やっぱりアイスに手は出してなくて、コーヒーをじっと見ていた。考えている顔だ。友達の手助けはしてやろうと思うので、俺はアイスを食べておばちゃんとの会話を試みる。

「すごい迫力だったすね」

「ねえ、ごめんなさい、私もびっくりしちゃって」

「いきなり来た俺らも悪かったんですんません」

「いいのいいの、彩羽も最初に司ちゃんの話した時は普通だったんだから。色々、考えすぎちゃったんだと思う」

「頭良さそうだし」

俺の頭悪そうな感想におばちゃんは頷いた。どうやら本当に学校での成績は良いらしく、彼女の進学のことを考えても、関東圏の姉、彩羽にとっての伯母から引っ越しを勧められたそうだ。

今二年生だから俺らの高校に万が一来ても卒業してるなあ、とか、適当なことを言っていたら、横でサブレがコーヒーに手を伸ばしたのが分かった。何か考えがまとまったのかと思って黙ると、彼女は数ターン前の会話に割り込んできた。

「いつかまた彩羽ちゃんとお話出来たら嬉しいです」

普段なら色々と前置きがあるはずだから、多分どうしても言いたかったんだろう、悩んだ結果だきっと。

おばちゃんは断るわけなんてなくて、「うん、落ち着いたらまた連絡するね」って笑顔を見せた。俺が彩羽だったら、笑ってんじゃねえって思うかも。

サブレは頭の中がごちゃごちゃしてるだろうにさすがで、それからいかにも課題の発表に必要そうなことをおばちゃんにいくつか訊いた。おばちゃんは丁寧に答えてくれたけど、彩羽の話を聞いた以上、俺にはどれが本当で嘘か分からなくなった。サブレは答えの全部をメモしていた。

雑談も含め色々話していたら結構な時間が経った。彩羽は途中で何も言わず家を出ていったみたいだ。家出とかじゃなく、友達との約束があるのを事前におばちゃんは聞いていた。俺は彩羽にちゃんと友達がいて安心した。

真夏だから、いつまでも昼みたいだ。実際の時間はもう五時を回っている。そろそろ帰ろうか、サブレと視線を一度交差したタイミングで、おばちゃんが手を打った。

「そういえば、二人ともこの後予定あるの？」

「いや、別に」

俺が答えた。

「じゃあ急がなくてもいいんだ。今思い出したんだけど、今日近くでお祭りがあって、よかったら二人で行ってみない？　帰りは連絡くれたらちゃんと送っていくし、おじいちゃんにも言っとくから」

「お祭りすか」

それこそなんかすごい夏休みの思い出っぽい響きだ。けど、あんなことがあった後で特にサブレはそんな気分じゃないんじゃないか。そう思って、サブレの顔を見る。あっちも俺を見てた。

「めえめえが良いなら」

瀬戸の約束はどこいった。サブレもすぐ気づいた顔をした。

些細なミスはおばちゃんからもちろんツッコまれて、俺達は互いをサブレ、めえめえと呼んでることを明かした。どっちもすごく可愛いと言われ、すごい恥ずかしかった。

俺達二人の賛成に早速おばちゃんは出かける準備をし始めてくれた。食器をシンクに運ぶ時、食べる前に溶けたアイスについてサブレは謝っていた。

最後にもう一度、仏壇に手を合わせた。彩羽とサブレの話を聞いたから、来た時よりも冥福を祈る気になれなかった。

おばちゃんと一緒に外に出て、黄色い車の後部座席に乗り込む。清潔な匂いがした。五分くらい、これなら歩けたと思う距離にあった公園の前で、俺達は下ろされた。結構でかい真四角の中心にやぐらが組まれていて、周りにはぐるっと囲んで出店が並んでる。子どもたちが走り回ってるのと、実行委員のテントみたいなので、実家の近所にもあった地域の祭りを思い出した。

「それじゃあ、飽きたら電話して。迎えにくるからね」

おばちゃんはそう残し、颯爽と走り去っていった。聞いてる間に一秒くらい目が合って、なんとなく、俺達の関係をおばちゃんは勝手に想像してると思った。サブレ側からすれば勘違いしてるし、俺側からすれば勘違いしてないそういう関係。

俺達は久しぶりに二人になった。

横にいるサブレを見ると伸びをしている。

「ドンマイ」

顧問や先輩に怒られた部活仲間相手にする感覚で言うと、サブレはこっちを見て眉毛をへにゃっとさせ大きな口で笑った。

「ドンマイじゃねえよお」

サブレにも彩羽にも悪いけど、やっと気が抜けたから好きな顔がいつもよりもっと愛嬌あるように見えた。簡単に言うと可愛く見えたってこと。

「気にしてんだじゃあ」

そりゃサブレならしてるだろうな。

「いーやー、これ、言い方難しくてさ、気にし方について気にしてるんだ今。これはまとまってから話すよ」

「了解」

「めえめえは気にしてる？」

「俺は、サブレみたいにはしてないかも。でも、自殺した理由とか、あの子の迫力には、めちゃビビった」

「ビビってたか、めえめえも」

迫力や言葉以外に、俺達にはビビる共通の理由が実はあった。

あの目を見たことがあるんだ、一緒に。向けられる日が来るとは想像してなかったから、あんなに強いと思わなかった。

「ひとまずせっかくだし、俺、出店でなんか買おうかな」

「私もりんご飴あったら買う」

「あれ一回も食ったことないな、美味い？」

「そんなに美味いとは思ってないけど私の場合、憧れが補完してくれてる気がする」

「憧れには味ねえだろ」

「毎回それを確かめようと食べてるんかもしれない」

「おっ」

公園に足を踏み入れた途端、横から走ってきた子どもにぶつかられた。俺のすねにぶつかった男か女かも分からない小さなその子は泣きもせず、代わりに謝る母親に抱えられ連れて行かれた。

「お葬式の時のめえめえもあんなんだったかな」

「かも。祭りみたいなもんだし」

不謹慎だなと二人で笑う。無理矢理笑った感じもあった。公園の真ん中にあるやぐらからは盆踊りの音楽とかじゃなく、何故か俺らが小学生くらいの時に流行ってたＪ‐ＰＯＰが流れてて、それこそ記憶にある葬式場と同じような異世界感が漂っていた。

サブレと一緒に出店の前をゆっくり歩いていった。まだ暗くなっていないからか客もそんなにいないし、出店はところどころ店員がいない。でもちゃんとやってるタコ焼きとか人形焼きの匂いには確かに祭りの雰囲気が詰まってた。

さっきまで俺達が置かれていた状況をいったん忘れてみる。

そうしたら、同級生の好きな子と二人で祭りを回るなんていかにもだ。見るからに青春で、夏休みの思い出。

ここが地元だったら女の子の浴衣披露ってイベントがあってもいいし、雰囲気が良ければ勢いに乗じて告白するやつや、成功すればふいに手を繋いだりするやつらもいるかもしれない。

どれもいかにも過ぎて、理由がなさすぎて、サブレには似合わない気がした。

だから彩羽の言ったことじゃないけど、こういうベタな行事よりも、サブレが夏休みの思い出とするなら、人が死んだ話を聞いて命のエネルギーを感じたい方があってる。浴衣よりも派手なスカートが似合う。

サブレはあの家で、命のエネルギーを感じたんだろうか。訊くのは、気にし方の答えを教えてもらってからにしよう。ちなみに俺は感じた。元々の目的だった部屋や話からじゃなく、彩羽の怒りから。

りんご飴屋は無事に営業していた。一歩店側に踏み出しただけで、ハチマキを巻いたギャルにでかい声で迎え入れられる。サブレは、割りばしに刺さった何個もの中から小ぶりな一本を購入した。

俺はりんご飴にはそんな興味ない。二つ隣の出店でイカ焼きを買った。イカの胴体の部分がそのままの形で残ってるやつだ。鉄板の上で焼かれていたやつをガラの悪そうなおっちゃんが発泡スチロールの皿に載せた。

夜行バスのにいちゃん、テキヤって可能性もあるな。なんてことを話しながらサブレと、公園の端にあった腹筋用の器具がついているベンチに並んで座った。

サブレがりんご飴を構えてスマホを用意する。写真を撮る瞬間に、ふざけてイカを映り込ませてやった。

「おいっ、イカの幽霊みたいなの映ったぞ」

「ちゃんと死んでてよかった」

心霊写真風でもOKだったみたいで、サブレはりんご飴の写真を撮り直すことなくスマホをしまい、大きな口を開けてりんご飴にかじりついた。ガリッとジャクッが混ざったバイオレンスな音がする。俺もイカを齧ったけど、ムニッとしか鳴らなかった。

告白も手を繋ぐのもあとはなんだ食べ物分け合って間接キスになるとかそんなん、全部無視して、俺達はりんごとイカをそれぞれ齧った。

「そういえば、サブレ」

「うん？」

「お返しは話すことでよかったんだ？」

半分ほどになったりんご飴を揺らしながらサブレは頷く。

「そうだね。あと、彩羽ちゃんとまた話してほしいって頼まれたのを請け負ったから」

「あれそういうことだったのか」

「だけじゃないけどね。だから、まあ、多分、うん、やっぱりおばさんは話したかったんだと思った。旦那さんが自殺したことをさ。不倫が良い悪いは関係なくね」

「愚痴りたかったとはまた違うんだよな」

「多分。強く感じたのが、やっぱ人が死ぬってそれ自体、大きなイベントなんだなって」

また聞きようによってはだいぶ不謹慎なことをサブレは言う。えらく可愛い食べ物を揺らしながら。

「もちろん悲しいだろうし、怒りたい気持ちもあるだろうから、やった！死んだーってことじゃないよ？」

「そうだったらサブレの血筋怖すぎる」

「だったとしても血筋は関係ないと思うけど」

サブレは小さく一口、りんご飴を齧る。ちょうど飴の部分が血みたいだ。

「悲しさも怒りも含めて、やっぱ知ってる人が死ぬってことには日常が変化する推進力みたいなのがあって、その変化について誰かに喋りたくなることってあると思う。これは人が死ぬ映画がたくさん生まれるのにも関係してる気がする。映画を通して見知った登場人物が死んで自分の気持ちが何かしら変化したのをみんな話したくなる。それが口コミになるから、死ぬ映画が売れてまた作られる」

「死ぬって何回言うんだよ」

俺の手元に割りばしと発泡スチロールの皿だけ残る。サブレの手元にはりんごの芯のついた割りばしだけ残って、もう食べる部分はないのに、俺達はしばらく抜け殻を持ちながらぼうっと祭りの光景を見ていた。

日が陰ってきて、少しずつ人が集まってきてる。やぐらの上には太鼓もあるから、夜になったらみんなで踊るのかもしれない。

「ほんとめえめえが一緒に来てくれてて私はよかった、ありがとう」

「なんだよ、いきなり」

「いや実は今、結構くらってんだよね」

横を見ると、サブレは芯が先端に残ったりんご飴を竹とんぼみたいにくるくる回していた。横顔はいつものサブレに見える。

「俺もちょっとくらってる」

「めえめえもか。不倫の話の時には、ちょっと怒ってたね」

「うん。っていうかサブレにバレてるってことは彩羽にもバレてそうだし、あんまよくないな」

「バレてたとして、正直だって思われたんじゃない？」

サブレは反動をつけて立ち上がり、俺に平手を差し出してきた。友情と感謝の握手かと勘違いしかけて手を握る寸前で、「ごみ捨ててくる」の声が聞こえてよかった。似合わないとか理由がないとか思いながら、危うく握るところだった。正直なのはいいとして、単純すぎる。

近くのごみを収集するテントにサブレが割りばしと皿を持っていって、分別しているのが見える。サブレはああいう風に気持ちを分別出来てないのかなって、全く上手くないことが浮かんだ。

上手くないけど、本当にそうだったとしてそれがサブレらしさで、彼女の性格を作っているんだから、分けられないサブレで全然いい。分けられるなら、サブレじゃなくなるのかもしれない。

友達にそんなことを真面目に伝えるのは恥ずかしすぎるし、ほぼ告白みたいな気がするから言えない。だからせめて出来るだけサブレを理解するのにとどめてる。横でイカ食いながら。

「さんきゅー。おばちゃんに連絡する？」

「や、その前に私、ヨーヨー釣りしたい」

あんなもん欲しがるの小さい子どもだけだと思ってたけど、言うからにはよほど自信があるんだな。って予想はすぐ裏切りにあい、サブレは挑戦して数秒で釣り道具である紐を水に溶かした。お情けで店のおっちゃんから貰った割高過ぎる水風船をばいんばいんとさせるサブレは楽しそうだったからいいんだろう。その後、出店の前をもう一周して、射的の店で俺はお情けでめちゃくちゃ割高のキャラメルを貰った。

ずっとばいんばいん子どもみたいな一面を見せるサブレの提案で、俺達はおばちゃんに歩いて帰ることを伝えた。そしたら迷わないか心配された。ひょっとしてスマホのことをあんまり知らないいんだろうか。

足元からじゃりじゃりと地面の音がして、隣からばいんばいんと水風船の音がする田舎道、くらったという以上の弱音みたいなものは全く聞こえてこなかった。

「りんご飴、美味かったのか？」

「いっつも想像よりちょっとだけ美味しくない気がするな」

どうやら憧れに味はなかったらしい。

「でも私、次食べる時にはそのこと忘れてるからまた食べるよ」

「そのうちに調理法とか進化して想像より美味くなったらいいな」

「ほう」

「ないか。出来てから多分何十年もそのままだろうし」

「いいやあるかも。進化とか上達とか、あと好きになるのとか、なだらかな坂じゃなくてさ、階段だと思うから、明日には劇的に美味くなってるかもしれないし、ぴったり私の好きな味になってるかも。それに立ち会うために次も食べる意味があるなやっぱり」

「でも毎回味忘れてんだろ？」

「めえめえ良いこと言う」

人差し指でびっと指されてなんか笑ってしまった。自分の顔の動きは気持ちにまで影響を及ぼし、俺の中のもやもやした塊の色がちょっとだけ薄くなった。

俺の人差し指にもそういう力があったらいいのにと思って、一回サブレを指してみたら、不思議そうな顔をされた。

そういえばじいちゃんは当然あの家の事情を知ってたんだよな。

夕飯にじいちゃんが作った大量の唐揚げのうち最初の一つを齧った瞬間、思った。

「すごい美味いです」

でもめっちゃ腹減ってたから、ひとまず唐揚げの味の方が大事だった。変な話イカ焼きのせいで余計に腹が減ってた。

「光栄だ」

サブレは食べたことのある味だというこの唐揚げ、死んだばあちゃん特製の味付けを真似してるらしい。白ご飯にも合ってて本当に美味い。

テーブルの上には唐揚げだけじゃなく、じいちゃんがバイクでひとっ走り買って来たという豪華な刺身や、名店の卵焼きというのも並べられてる。あと米は五合炊いてあるらしい。サブレやじいちゃんが一合食うとは思えない。気合いいれよ。

大盛りの白ご飯一杯食べ終わって俺の腹が落ち着いてから、じいちゃんに二人で今日のことを話した。帰宅したらすぐ夕食が始まって、まだ何も伝えられてなかった。

彩羽の言葉まで含め全てを説明し終える頃、俺以外はもう箸を置いていた。じいちゃんは何か言う前に一度立ち上がり、ケトルでお湯を入れた急須と湯飲みを三つ、それから筒状の容器に入ったお茶っぱを持ってきて淹れてくれた。俺だけがまだ、唐揚げとご飯をむさぼっている。

飲み込んだところを見計らってくれたわけじゃないだろうけど、ちょうどいいタイミングで横のサブレが小さく手を挙げた。

「ここで訊くことじゃないかもしれないけど」

サブレは一度、扉が開けられたままの仏壇がある部屋、今は俺の寝室でもある場所に目をむけた。

「じいちゃんは、幽霊って信じてる？」

噴き出しそうになったのをお茶が熱いフリして我慢した。正直、俺も気にはなる。でも本人が言った通りここで今する質問か？　俺はしない。多分サブレの中では繋がっていて必要な質問なんだろうけど。信じてるって言われたら、今夜から俺はますます変な気を遣わなきゃいけなくなる。

「信じてはいる」

おー、そうですか。

「ただ、恐らく司がこの場合にイメージしているだろう、死んだ場所や思い入れのあった場所などに居座るという類のものを信じているわけではないな。死んだ人間の残滓《ざんし》のようなものが時間も場所もなく曖昧な形で存在すると考える。時に生きている人間の意識がそれらを刺激し、心霊現象と呼ばれるようなことが起こるのではないかな」

「残滓は、魂とも言い換えられる？」

ザンシのシは死なのか？

「いいや、私の考えでは少し違う。命の残り香のようなものかもしれない」

「なるほど。めえめえは、幽霊を信じてる？」

いきなりこっちにパスがきて、俺は少々お手玉気味に自分がどう考えてるかを探る。いったん箸も置く。

「いるんだと思ってた。でも、今日、おじさんが自殺したって部屋見せてもらって、本当にここには何もないって感じてから、そんなのいないんじゃないかって考えて、ます」

言い終わりで質問の主じゃなく、じいちゃんを見ていたから敬語だ。じいちゃんは何を言うでもなく一回頷く。サブレを見ると、腕を組んで考えていた。

「サブレは？」

「私は」

気のせいかもしれない、両肩がわずかに震えて見えた。彩羽を思い出してくらってるのかも。

「元々、幽霊について、いてもいいしいなくてもいいって考えてた。いたとしても、普通に生きてる上で関係ないって。でも、めえめえが言うみたいに、今日、何もないあの空間を見て思った。死んだら、何もないのかもしれない」

やっぱりあの時のサブレの言葉は、部屋が片付いてるとかいう意味じゃなかったみたいだ。

そう、天国とか地獄とか生まれ変わりとか、あの部屋からは一切感じられなかった。生き物は死んだら終わりだと言われた気がした。自殺した部屋を見たいとか、命のエネルギーだとか、死ねと思ってたとか、右往左往してるのは俺やサブレ、彩羽やおばちゃん、生きてる側が勝手にやってることだ。死んだ方は無言だ。

「私は、じいちゃんが、生きてるものの方が大事だって言ってる意味が、あの部屋で分かった気がした」

じいちゃんは頷くだけだった。そしてこの話は意外にもここでさらっと終わった。もっとサブレがじいちゃんを突っつくもんかと思っていた。

夕飯を食べ終わり食器を片付けて、じいちゃんから外に出てみないか提案された。

どこにいるのか、虫とカエルの声がでかくなってる。帰宅した時にはまだ沈み切っていなかった太陽の光が、月に反射している以外にはもうどこにもなかった。家のない方向をむくと、びっくりするくらい真っ暗だ。

ベタだけど、俺達が住む町の何倍も星が見えた。

「ちょいと冷える」

俺がきょろきょろしてる間にサブレは一回家の中に戻ってカーディガンを着てきた。用意がいい。女子って皆そんなもんだろうか。俺の鞄の中に長袖はない。

「めえめえは筋肉あるから寒くないんだな」

「筋肉つけたら？」

「防寒の為に毎日運動はやだな。あ、別にめえめえの部活がそうって意味じゃないから。言い直していい？」

「分かってるけど、うん」

「冬の為だけに他の季節も運動する気合いが私にはない」

「何を堂々と」

笑ってサブレは空を見上げる。俺もまた見上げる。

満点の星空の下なんていうのも、いかにも夏休み過ぎて、シチュエーションにひっぱられて告白したくなるとかそういうのはなかった。きっとサブレがすぐ何か喋りだすと思っていた。人が死んだら星になるっていう話はこういう現象が関係してるんだとか、どうとか。

なのにサブレは黙ったままだった。もしここにいるのがサブレじゃなかったり、俺が好きなのがサブレじゃなかったら、今好きな相手はいるのかとかそういうことを訊いてしまいそうなくらいの間はあった。めちゃくちゃ気にはなるけど、いてもいなくても俺の気持ちが変わるとは思えないので、本人に訊く必要はない。気になるけどな。

二人とも黙っていたら、背後にあるリビングの窓が開いた。振り返ると、じいちゃんがお盆にカップを三つ載せてた。俺達は礼を言って一つずつを受け取る。コーヒーの良い匂いがした。そのすぐあとに、じいちゃんが焚きだした蚊取り線香の匂いも。

リビングのふちにあぐらをかいて座ったじいちゃんと、気温とか虫とか星の話をした。サブレが星座の位置と成り立ちを教えてくれた。

しばらくそうしてから、家の中に戻った。じいちゃんは昨日の晩と同じように部屋で本を読むと言って、酒は飲まずにリビングからいなくなった。今夜はサブレも。

「では、わたくし、本日のレポートをまとめてまいります」

「後で写させてくれ」

祭り会場からおばちゃんちまでの帰り道に聞いていた。学校で必要だというのは嘘だけど、一応ちゃんとした文章にはまとめておばちゃん達に提出するつもりらしい。勉強は得意なやつに任せた方がいいから、俺はやらない。

リビングで一人になると暇になった。サブレの作業が早めに終わったらまた二人で映画を見れないか期待したのは本当だとして、あいつのことだから細かく真剣に取り組むんだろうというのも分かる。仕方ないので、今日も貸してもらったタブレットでお笑い番組を見ることにした。サブスクで配信されてる。

画面を三十分くらい眺めていて、俺もやることがあったのにすっかり忘れていたのを思い出した。

エビナからの返信を無視したままだ。ラインに三通。

『情報戦だろうが』『サブレを落とさせるためでもあるけど、女どもの地雷が個人的に気になった』『そっちはサブレとなんかあったのか』

やっぱり俺が関わってたし、口は悪くても援護しようとしてくれてる頼りになる友達だった。

『ごめん唐揚げ食ってた』

あっちからの返信はすぐきた。またキリンの画像が届いて、俺はエビナにそっちだって昼間は反応しなかっただろという方向で応戦した。そしたら数分後に、文章の三分の一が悪態という良くない長文のラインが届いた。

ただしその悪態のほとんどは俺にじゃない。必要のない部分を切り取り要点を読んで、驚く。

あのダストが、エビナの地元にたまたま行くからとわざわざお茶に誘ってきたらしい。好きなもん奢るというから出ていったエビナは再度告白され、私の言ったことなんにも分かってねえ、と突っぱねた。

それ以上の説明はなかった。ダストがなんで思い立ったのかにも、エビナが言ってる意味も気にはなった。でもめんどくさくなるのは嫌だから訊くのをやめた。俺はサブレと違い「まあまあ」を消費するのが苦手だ。

話変わって、エビナから再度、今日こっちが何をやっていたのか訊かれた。大まかな流れと、一番大きかったエピソードを伝えた。

『ダストを睨んでた時のお前と同じ目で中学生から睨まれて怖かった』

エビナに悪いいじりをしてやろうと思っただけなんだけど。

『お前の下宿部屋も事故物件にしてやろうか』

やっぱり本物の悪い奴はちょっと違った。不謹慎って言葉、知らなそうだ。まあエビナの殺すぞとか死ねは芸人がツッコむ時のしばくぞくらいの意味だから大丈夫。直接攻撃を食らっても不意打ちでハンライを沈めた前蹴りくらいだ。それも心の準備があれば避けられる。

のはずが、心の準備をまだしてなかった俺に、前蹴りみたいなメッセージが届く。

『サブレと付き合いたいならどういうスケジュールで行く気だよ』

「えー」

思わず声に出た。既読はつけてしまったけど、すぐ答えられるわけもない。タイミングなんて、来るときが来れば来るだろうみたいにぼんやりしか頭になかった。でも確かにエビナなら情報を集め、スケジューリングをし、そしてきっと罪悪感を利用しない方法を考えるんだろう。最後のは、よく分かってない。どうやらダストもまだ分かってなかったらしい。

『あいつが一年の時から言ってる志望大学、お前からだいぶ遠いぞ、距離も偏差値も』

知らなかった。でもサブレなら俺なんか手が届かない大学に行きたがるんだろうって想像はついてた。にしても言い方どうにかならないのか。

『同じ家に泊まってる間に伏線くらいはっとけよ』

机に突っ伏して、エビナからの追撃を見ながらしばらく考えてみても伏線のはり方なんて分からない。いつか告白するぞって雰囲気出しとくのか？　どうやって？

「おや、瀬戸くん一人か」

後ろから声が聞こえ慌てて振り向く。じいちゃんは俺の驚きなんてもちろん知らず、キッチンに移動していった。足音に気づかないほどサブレのことを考えていて、ちょっと恥ずかしくなった。

「司さんは部屋で今日のことまとめてます」

「そうか、サブレでいいぞ」

湯飲みを持ってリビングに戻ってきたじいちゃんが、笑顔で言う。

「あ、俺は帰ってからやろうと思ってて」

サボってると思われないよう、というかサボるも何もそんなの存在しないんだけど、一応言い訳をしたらじいちゃんは頷いた。

「人にはそれぞれペースがある。瀬戸くんは瀬戸くんのペースでやればいい」

さっきまでやってたラインと連想し、告白について言われてるのかと思った。んなわけない、って言い切れるのか？　好きなんじゃねえかってくらいは思われてるかも。

俺が勝手な警戒をしていたら、じいちゃんはテーブルに湯飲みを置いた。座るのかなと思ったら、先に声をかけられた。

「時に瀬戸くん」

もったいつけた言い方が、俺をここに誘った時のサブレを思いださせた。

「腹は減ってないか？」

俺は思わず自分の腹に手を当てる。そんなことするまでもなく、実は小腹が減ってきていた。昨日はこの時間、映画を観ながら色々食べていたから平気だった。

「ちょっと減ってます」

何かくれるんだったら遠慮なくいただく、そういう意味で答えた俺に対し、じいちゃんの提案は予想したのとまるで違った。

「では、よかったらドライブに行こう」

またあの悪い顔で、じいちゃんは壁にかかる鍵を手に取った。

気づけば俺は走る車の助手席に座っている。

横にはじいちゃん。後ろには誰もいない。一応サブレにも声をかけようとドアをノックしたんだけど、部屋の中から返事がなかった。イヤホンつけて集中してるのかもしれない。もう寝てたら笑う。邪魔にならないようラインだけしといた。乗車した時点では既読になってなかった。

窓の外は真っ暗だ。景色を見ることも出来ず、かといって、スマホを見るのも失礼かも。昼間はかかっていなかったラジオ番組で流れてる古い曲に体を委ねるみたいに、前を向いてじっと座ってた。

「普段ラジオは聴くかな？」

「あんまり、聴かないです。深夜ラジオずっと聴いてる友達はいます」

ダストのことだ。面白いらしいけど、朝練に遅刻するわけにはいかないから、二時とか三時までは起きてられない。そういえばサブレのこと考えだしていったん置いてしまってた。二回もふられたダストは大丈夫か？

「朝から夜まで部活動か、好きでやっているんだろうが、大変だろう」

「そう、ですね、朝七時から朝練で授業受けて、夕方からの部活終わって夕飯食べて友達と喋ったりとか、あとはテレビとか、スマホで動画見てたら一日終わってます」

「友達と遊びに出る時間はあるものなのか？」

「たまに。あと土日とか部活が早く終わることはあって、そういう日は下宿生とか学校の近くに住んでる奴と、ボーリング行ったりします」

これもダストとかハンライとか。エビナやサブレも。ダストはひょろっとしてる割に体幹が強いんだろう、普段から運動ばっかしてる俺らより意外とボーリングが上手い。

じいちゃんは「ちゃんと遊ぶ時間があるのはいいことだ」と言った。やっぱりこの年になってもオールバックでバイク乗りまわしてる人は、高校生の頃から遊んでたんだろうか。友達のじいちゃんに訊くことじゃないからやめた。

ラジオの曲が終わって交通情報に切り替わった。運転手にとって必要なのかもしれないから一回黙る。でもそういう細かい気遣いはいらなかったみたいだ。

ちょっとだけ間があって、じいちゃんは俺よりもっと大きな気遣いをしてきた。

「昼間は悪かったな、瀬戸くん」

「え」

夜行バスのサブレじゃないけど、なんで謝られるのか分からず咄嗟《とっさ》に声が出た。

「彩羽の怒りを君たちにぶつけさせてしまった」

「ああ」

なんのことを言ってるかは分かった。けど説明されてもどうしてじいちゃんが謝るのかは分からなかった。

「そんな、いえ、俺達が彩羽、ちゃん？　にキレ、怒られたっていうだけなんで」

驚いたし、動揺もした。ただそれを俺はサブレほど真面目に捉えてない。そういうとこ、部活で怒鳴られ慣れてるっていう嫌なアドバンテージが生きたかもしれない。

だから俺は平気だ。むしろ、じいちゃんには彩羽の方に弁解しといてほしかった。俺はもう会うことはないかもしれないけど、サブレは親戚だ。それこそまた葬式とかでこれから会う可能性がある。

「いいや、私と私の姪である彼女が、司と瀬戸くんを彩羽にそう見せてしまったんだ。すまなかった」

サブレのじいちゃんがあまりに真面目な口調で言うから、俺は自分が謝られる理由があるかどうか、もう一回ちゃんと考えてみる。多分、じいちゃんは説明をしきれていなかったとか、彩羽を上手く納得させられなかったとかいう意味で言ってる。

あの場所での時間をしっかり思い返してみた上で俺は、やっぱり自分が謝られるのは違う気がした。

「いや、変な言い方かもしれないんですけど、俺も、もちろんサブレも、そしてあの子も、自分であそこにいて、それであの子が一番ちゃんと覚悟してたっていうことじゃないかな、と、思う、んですよね」

サブレみたいには上手く言葉に出来ない。こいつ馬鹿だなって思われてないかな。

「だから、じいちゃんに謝ってもらうことは、俺もサブレも、多分彩羽ちゃんもないから大丈夫です、というか」

つい血のつながりがあるみたいに呼んでしまって横を見た。けど、カーナビに照らされたじいちゃんが嫌な顔をする様子は全くなかった。

「なるほど」

納得してくれたみたいだ。

「瀬戸くん、君は人の意見を飲み込み、そうして自分で考えることの出来る人間だな」

初めて言われた評価に、どう反応していいか困る。そういうのは本来サブレが言われるようなことだ。

じいちゃんは前を向いたまま、彩羽の家の前で忠告をくれた時の笑顔を見せた。

「司が君を信頼しているわけだ」

　サブレが？

　友達として以上の心当たりはないけど、確かに自分の親戚の住む田舎に呼んでくれるって、それなりに信じてはくれているかも。でも信頼って言葉を使うほどなのかな。気持ちをふわっとさせながら、思い上がりに変えたくなくて、つい適当な返しをしてしまう。

「どうですかね、言われたことはないです」

「本当の友達というのはそんなものかもしれないな」

「本当の友達」

「実はな、これは内緒の話として聞いてほしいんだが、君達がうちに来るという連絡を貰った時、私は司から君についてのプレゼンを受けた」

　なんだそれ聞いてない。そりゃそうか内緒話っつったもんな。何を言われたのか、緊張しながら待つ。じいちゃんは二つ小さく咳をして、教えてくれた。

「男友達のめえめえを連れて行く。こいつがとにかく良い奴で、きっとじいちゃんに嫌な思いをさせることはないから安心してほしいという内容だった。私は最初からそんな心配はしていなかったんだが」

「そう、ですか」

　じいちゃんと俺を気遣い、勝手に気にして、わざわざ説明をしてくれたのか。サブレらしい。すごいサブレらしい。すごい、俺の好きなサブレらしい。その彼女が俺のことをそんな風に、信じてくれて良い奴だと言ってくれたのは、本当に嬉しい。

「恥ずかしいけど、嬉しいです」

本当に。でも、心から喜んでいてはいけないんじゃないかって気持ちも、じわじわっとわいてくる。

友達としての信頼、安心してじいちゃんちに泊まらせられるって評価はつまり、欠片も男としては見られてないってことに繋がりはしないか。いつか恋愛に発展するかもしれないと思ってる奴を、じいちゃんにそんな風に紹介するだろうか。もし少しでもそういう気持ちを持ってくれてたら、言い方が分かんないけど、そわそわと、ぴりぴりと、緊張感や、危険までじゃない危機感みたいなもんを、もうちょっと、持つんじゃないのか。

俺は持ってる。ふいに、サブレに触ってしまいそうな時がある。友達として理由がないから耐えてる。

だからそんな安心をサブレに持たれているのは、すれ違ってる気がする。

サブレはひょっとしたら、俺がハンライ達とエロ動画とか、クラスの女子達の体がどうとか、そういう話をしてるって想像すらしないのかも。

下心を感じられるのは嫌だけど、完全な草食だと思われるのは複雑な気分だ。羊じゃねえんだから。

「そんな瀬戸くんから見て、司はどんな奴かな?」

「サブレ、ですか」

すぐいくつか表す言葉は見つかるけど、それらが伝えるのに適切か念のため考えて、大丈夫そうなのをあげる。

「人と違う考え方を持ってて、度胸がある、すごい友達って感じです」

大丈夫じゃないかもと思ってひっこめたのは、変なやつ、とか、服が派手、とか、見た目が好きだとか、気にしすぎな性格を実は周りから面倒くさいと思われてたりもする、とか。あと、あいつ嘘ついてますよ、とか。

「そんな風に思ってくれてる友達がいて幸せだな、あの子は。直接伝えあうのはなかなか難しいかもしれないが」

「……そうですね」

俺も言わないし、サブレも言わないと思う。お前すげえなっては言えるし、細かいポイントは褒めあえる。でもそこにはやっぱりいつもちょっとだけいじりが入ってる。じゃあ、本当の気持ちをそのまま言い合える関係ってどんなだ。恋人か？　家族か？　サブレといずれそうなったら、俺は面と向かって真顔で可愛いって言えるのか？

ただ座ってるように見えただろう俺がサブレとの色んな未来を想像してわたわたしてるうちに、車はセブンイレブンの駐車場に停まった。二人で下りて入店するなり、じいちゃんから食べたいものを選べと言われる。家とはくらべものにならない明るさの蛍光灯に目をちかちかさせながら、俺は冷やし中華と袋に入ったエビチリ、コーラゼロを選んだ。あとサブレへのお土産にピスタチオ。じいちゃんがそれらと自分用の煙草の金を払った。

「ありがとうございます」

「いやいや、構わないんだ。そういえば、瀬戸くんは礼を言うときに一音一音はっきりと発音してるな」

また他で言われた覚えのないことを言われる。着眼点の変なところが、やっぱりサブレとどこか繋がってる気がする。あいつは関係ないって言ってたけど、ちょっとくらい血筋も関係あるんじゃないかと思う。

「そうですかね？」

「ああ。細かいことだが、良い男だと思われるぞ」

じいちゃんが笑って言ってたから俺も笑っておいた。今のところ女子からそこを褒められたデータがないから信用していいか分からない。ひょっとしてカマをかけられてるのかとも勘繰ったけど、サブレとのことを追及なんてされなかった。

じいちゃんがコンビニの前で煙草を吸ってる間に、俺は煙が来ない場所でコーラを飲んだ。スマホをポケットから出してチラ見する。エビナからの追撃はなかった。

煙草を吸いながらじいちゃんが何度か咳き込んでて、俺は同じような大人を見る度に思うことを普通に思った。吸わなきゃいいのに。

帰り道では下宿や学校でのサブレの様子を訊かれた。じいちゃんとはたまにしか会わないと言ってたし心配してるんだろう、って、あんまり実家に帰らない俺が自分のことは棚に上げた。

女子棟の中のことは知らないけど、食堂とかで見る限りでは同級生や先輩達と仲良くやってると伝えた。クラスでも、女子達の本当の関係性は知らないながら、楽しそうにしてる。悪い奴だけど親友もいる。馬鹿な男友達にお腹を触らせないディフェンス力もちゃんと持ってる。最後のは言ってない。

そういえばその二人、エビナとハンライは、サブレの性格について、よく本人に直接反論や疑問をぶつけている。「サブレとの作業はタイパが悪い」とか「なんでそんなどうでもいいこと気にすんの?」とか。前者はもちろんエビナ、言い方どうにかしろ。

俺は言わない。サブレはサブレのままで別によくて、性格や考え方を変えてもらうものじゃないと思ってる。

あの二人が、孫はどんな風に見えてる? と訊かれたら、どう答えるんだろう。

クラスには他にどんなあだ名の奴がいるのか、話していたら家に着いた。食べ物の入った袋をぶら下げて車を降りる。周囲を見回して、なんか突然、見放されてるような、閉じ込められてるような気分になった。

じいちゃんが風呂に入ってる間に、買ってもらった物を平らげた。残骸をゴミ袋に捨てて、じいちゃんのあと交代で風呂を借りた。髪をドライヤーで乾かしてリビングに戻ってくると、もうじいちゃんはいなかった。

冷蔵庫から勝手にお茶を飲んで寝室の電気をつけ、リビングの電気は消した。寝室である畳の部屋に移動し、まずは仏壇になんとなく会釈する。風呂に入ってる間に充電してたスマホを取って、畳んだ布団を枕に体を投げだし寝転がると合宿を思い出した。

二階にいるサブレから、気づかなかったことを謝る短いラインが来てた。

そして、地元にいるエビナからはそのサブレについて、悪いラインが来ていた。

『サブレって恋愛観もくそめんどくさいから覚悟しとけよ。これも知ってるか知らんけど、あいつが中学で同級生と付き合ってすぐ別れた理由、相手を大切にしたい、だからな』

思わず顔の上でスマホを放してしまって、間一髪避けた。

耳元でフォッみたいな間抜けな音がした。柔らかい布団にスマホが沈む。急いで手に取ったところで、エビナから送られてきた文になんて反応したらいいか、全く思いつかなかった。親友をくそめんどくさいとか思ってても言わないだろ普通、ってツッコみは浮かんでも、それは別に大事なことじゃなくて。

サブレに付き合ってたやつがいたこと自体、初めて知った。

思わず天井を見る。天井があるだけで、サブレの様子も過去の経験も透けて見えるわけじゃない。

いや別に、いいんだけどさ。

知り合う前のことなんて知らないわけだし。そういう話をする機会がこれまでなかっただけだし。いや嘘、ちょっと待て、サブレには好きな奴がいて、そいつに告白されるかするかして、付き合ってた奴がいたってことか。なんかそれ結構、嫌だ。いくらすぐ別れたと言ったって。

サブレはその時なら、意味があるからと、手もちゃんと繋いだってことだろ。その光景を想像する。そしたら首を誰かから両手で触られて、軽く血の流れを悪くされてるような感覚に襲われた。まさに襲われたって感じだ。

お昼にドアノブを一緒に握ったサブレの指、その関節の固さを思い出した。

この旅で初めてだった。

サブレが好きだという気持ちと、現実の関係性の間に空いた溝に対する焦りが、俺の中ではっきりした。

エビナはそれを狙ったのか？　ありうる。もしそうならほんとに悪い奴だ。この焦りを解消しようのない状況で。時間考えろよ。真昼間でもハンライじゃねえんだから触らせてとは言えないにしても。お前には罪悪感なんてないだろほんとは。

『やっぱ女子同士ってそういう話するんだな』

動揺してると見破られたくなくて適当に返したってのが、多分すぐばれた。

『適当なこと言ってんじゃねえよタコ！』

『俺今日イカ食った』

それだけ送っていったん、焦った気持ちを落ち着かせるためちゃんと考えてみる。せっかくサブレのじいちゃんにも褒められたわけだから、飲み込んで自分の意見に出来るよう試みる。

サブレにもそんなことがあって当たり前だ、ってかこの不快感は、自分のことを無視してる。俺も中学三年の時には、はっきりと約束はしてなかったけど、そういう子がいた。それをあっちにだけ、付き合ってた奴がいてほしくないってのは勝手すぎる。

あ、でもやっぱ嫌だな。

頭ではどうだって考えられるけどさ。

エビナにちょっとむかついてきて軽い仕返しをしてやろうと思う。でも、どうせやり返されそうな気がしたからそれもやめとく。めちゃくちゃ細《ささ》やかな嫌がらせとして、エビナとどうでもいいラインのやり取りをしながらイヤホンをつけ、初めてダストのあだ名の由来になったdustboxってバンドの曲をサブスクで聴いてみた。予想してたよりも早くて激しく、ボーカルの声が綺麗だった。

明後日にはもう帰るんだ。


エビナのせいだろうな多分、いや絶対。アラームが鳴るよりだいぶ早く起きてしまった。喉が渇いてリビングに出たけどまだ誰もいない。カーテンの隙間からは朝日が差し込んで、この数日サブレの定位置になった席に光の道を作っている。

外から鳥の声と、咳が聞こえた。カーテンに近づいてちょっとだけ開けてみたら、じいちゃんが外で煙草を吸ってる。こっちに背を向けていて気づかれなかった。

冷蔵庫から勝手にキンキンのお茶を出して飲む。トイレに行って手を洗ってるうち、じいちゃんはリビングでお湯を沸かしてた。

「おはよう、瀬戸くん。今日は早いんだな」

「おはようございます。なんか起きちゃって」

挨拶までしたのにもう一回寝るというのもおかしい気がした。数秒無言で立ち尽くしていると、じいちゃんがこっちの考えを見透かしたみたいなアドバイスをくれる。

「もしよかったら、この近くに神社がある。散歩かジョギングにちょうどいい距離なんだ。普段ずっと運動しているなら、体も少しは動かしておきたいんじゃないか？」

言われた通り、この数日でやった運動と言えばＤＩＹくらい。体がなまってしまわないか少し心配していた。帰ってからの為に、ちょっとくらい何かしといてもいい。俺はじいちゃんの提案にのることにした。軽く走れば、エビナの残したもやもやも少しは晴れそうだ。あの野郎。どうせ悪い顔してまだ寝てんだろ。

布団を畳んで顔を洗い、着替える。神社の名前を教えてもらってスマホで検索した。表示された地図は緑色ばっかりだ。

「それじゃあ、行ってきます」

「ああ、気をつけて」

声を背中にリビングを出る、と、ちょうど俺の行く先、廊下の途中にある階段をサブレが下り切ったところだった。不必要に驚いた。

「うおっ」

「え、どうした？　あ、おはよめえめえ」

「うん、いや、おはよう。ちょうどだったからびびった」

「それはごめん、でもこの距離で？」

不思議そうな顔をするサブレの言い分が正しい。まだ俺達の間には三人くらい入れそうな距離があった。まさかちょうどっていうのが降りてきたタイミングのことじゃないとは、気づかれなかっただろう。

「どっか行くの？　ってか早くない？」

「朝練の時間だから走ろうかと思って」

「真面目だな部活生っ」

「サブレも行く？」

訊いてから、もやもやを晴らしたい目的はどうしたんだと自分に対して思う。

「めえめえと違って弱いし、朝に走るのはちょっと。散歩なら」

「お、いいよそれでも」

そうして俺の体を動かす目的はすぐに達成を阻まれた。サブレにじゃない。意思の弱い俺にだ。運動より二人で過ごせる時間を優先してしまった。だって、一日中いられるのは今日が最後だから。

来た道を馬鹿みたいに戻り、リビングでサブレの準備を待った。本当は水分を取りにきただけだったサブレも、二度寝という予定の達成を俺に阻まれたわけだ。顔を洗って寝ぐせを直した後、サブレはまた昨日と同じパッチワークのスカートを穿いて現れた。

「しょーがない、人生で一回くらい部活生の気持ちを体感しよう」

「無呼吸坂道ダッシュやるか」

「そんなことしてたら死ぬぞめぇえめぇ」

ほんとに心配そうな顔をするサブレに笑ってしまった。俺は運良くまだ生きてるからそんな顔しなくてもいい。

俺達はじいちゃんに改めて出発の報告をし、家を出た。

二人とも右手には冷蔵庫から持ち出した五百ミリリットルの水を握ってる。同じ方で持っているってことは、もちろん、手は握れない。なんか、それに安心してる俺がいて、エビナに悪態をつくわりに根性のない自分が情けない。

舗装された道に出たら、アスファルトに広がる太陽が目にまぶしかった。けど優しく吹いた風や、大きな木々が作ってくれた陰のおかげで、それほど暑さは感じない。

道中、もちろんレポートの話になるんだと予想してた。昨日頑張った成果の報告を受けるんだろうって。

なのに、サブレは何故か俺の朝練メニューに興味を持った。どうせなら驚かしてやろうと、かなりきついメニューの日について説明した。

ただ話している途中で不安になってきた。

さっきのサブレの心配は本気だったんじゃないか。何故ならサブレはずっと、相槌を打つでも驚きの声を上げるでもなく、真面目な顔をして聞いてたから。

「死なないでよめえめえ」

ついにはそんなことまで言われた。しかも冗談っぽくないトーンで。返し方が分からなくてつい、話をずらしてしまう。

「ハンライのことも心配してやれよ」

「ハンライもそう、もちろん」

「ついでみたいだな」

「ついでみたいに聞こえた？　どこが？」

サブレの声がアスファルトの上、急に強く跳ねた。

強いって言っても、喧嘩腰っていうんじゃなくて。まるで、なんていうんだろう、例えばドラマとかで、主人公が家族の入院してる病院に駆け込んで医者に「助かるんですか!?」って訊くみたいな。その必死さを、些細な疑問に詰めてぶつけられてるように感じた。他のやつなら気にしないような言葉にひっかかったのは、サブレらしい。けど今までにない圧を感じ、ちょっと驚いた。

前から車が来て、二人で道路の端に寄る。横を通っていく風で舞い上がった葉っぱが、俺の顔に当たってちょうど良かった。それに対するリアクションを、答える前に一回挟めた。

「いや、サブレの言い方ってよりはハンライのキャラがそうだからさ。ほんとについでとは思ってないって」

「そうか、ごめん。勘違いして」

「謝らなくていいけど」

何かを考え始めた様子のサブレはアスファルトをじっと見たり、空を見上げたりを繰り返しながら黙ってしまった。俺も黙った。さっきの真剣なサブレを見たから邪魔したくなかった。別に黙っててもいい。最初は一人で黙々とやるつもりだったんだし。

サブレの気にしすぎなところを面倒に思わない俺でよかった。

二人ともまだ、ペットボトルを右に持ってる。だからなんだって話だ。

「めえめえ、タナトフォビアって言葉知ってる？」

急にきた質問は、響きから覚えがなさすぎてちゃんと聞き取れなかった。

「知らない」

「知らないか」

「どういう意味？」

「うーん、タナトフォビアの意味を知らない人が意味を聞いてタナトフォビアになる可能性ってあるかな、そのへん調べてから話した方がいいかも」

「そんな催眠術みたいな言葉なのかよそれ」

「いいやいいや、症状みたいなことなんだけど」

「病気の名前ってことか。聞くだけでかかるほど繊細じゃないし、どうせ気になって調べると思うから、サブレ話して」

話したいから、話題にしたんだろうし。

「うん、じゃあ、出来るだけめえめえが他人事だと思えるように話してみる。いい？」

どんな話し方か分からなくても、サブレが話したいことに興味はあったから頷く。

「簡単に言うと、死ぬのを想像するとめちゃくちゃ怖くなること」

「……みんなそうなんじゃ」

「そうなんだけど、でもご飯食べたりお風呂入ってたり友達と遊んでたり、めえめえだったら部活してる時に、死ぬの怖えって考えないと思う」

「それは、考えない。それこそ死ぬ映画見た時とかに、ひどい死に方するやつだと死ぬの嫌だって思うくらいだな」

「それはまた違うね。死ぬのが嫌だ怖い、っていうのを、何してる時にでもふと考えてしまって不安に押しつぶされそうで、何も手につかなくなるのがタナトフォビア。日本語だと死恐怖症」

「それ、生きるのめちゃくちゃ大変そうだな」

だって高所恐怖症とかと違って逃げようがない。

「私は小学生の時タナトフォビアだった」

狙ったんならすげーな、どうだろう。まるで映画でシーンの切り替えでもするみたいに、ちょうど俺達の目の前に長い階段が現れた。一番上には赤い鳥居も見える。タナトフォビアのことは一回忘れたみたいに、横から「うわあ」と嫌そうな声が聞こえた。

「待ってるかサブレ」

「んー、よし上ろう！」

「そんな覚悟決めるほどの段数ではねえよ」

笑いながら一歩踏み出す。スニーカーの底が石と砂利の上で滑る音がした。

「それで、タナトフォビア？　が？」

「一回、上りきってからに、しよう」

「おっけ」

階段を上るのに人一倍頑張ろうとしてるサブレを邪魔しないよう、まずは一人で考えてみることにした。

死、恐怖症。死ぬのが怖い不安と、いつも一緒に生活する。

気にしすぎなサブレの真骨頂みたいな話だ。子どもの頃からそんな感じだったのか。本人にはトラウマ的なことかもしれないから言わないけど、ちょっとだけ俺は、昔のサブレの性格を知れて嬉しい。昨日、過去のことをエビナから教えられ生まれたもやもやの端っこが、削られていくような気がした。

俺にタナトフォビアみたいな症状が出たことは、物心ついてから今までの記憶を辿ってみても一切ない。怖い映画を観て泣いたり、地球が滅ぶ映画を観て不安になったりしたことはあると思う。あんまり印象にないってことは、多分すぐに忘れたんだ。

そういうマイナスな感情は忘れて、生きることや死ぬことを通した命の持つエネルギーへの興味だけ残ったのが俺だ。だから今回の誘いにも乗れたんだし、俺まで気にしすぎな性格じゃなくてよかった。

二人とも気にしすぎだったらうまくいかなそうだ。色々と。

なんとなくサブレの周りの人間達を思い浮かべてみれば、案外そういうのは自然に上手く組み合わさっているのかもしれない。細かいこと気にしてる人間が思い浮かばない。

やがて階段の最後の一段を踏んで、振り返る。軽く息を切らしたサブレがあと三段残していて、彼女の頭の先では、細い川がキラキラ光っていた。頭上の赤い鳥居はあちらこちら塗装が剝がれ、サビた釘が飛び出している。

「よーいしょっ、思ったよりいけたぞ！」

「よかったよかった。お疲れ」

軽く拍手をする俺にサブレは「ありがとうありがとう」とフルマラソンを走り終わった選手みたいにこたえた。彼女はペットボトルの水を飲んでから、ぐるりと一周あたりを見回す。俺も倣う。

上りきったらさぞや綺麗な景色でも待ってるのかと思ってた。

なのに木々に覆われた古くて小さい神社があるだけで、全体的に薄暗い。

「こんな頑張って上ったのに、なんもないな」

「昨日の部屋よりも人が死んでそうな雰囲気あるけどな」

「うん」

静かに一度頷いて、サブレは一人で茶色いお社に近づいていく。サブレが話したそうなテーマのつもりで振ったけど、すかされてしまった。背中を追う。

「一応、お詣《まい》りしとく？」

「そうだな、あ、でも金持ってきてない」

「念のため百三十円持ってきたから十円貸そう」

「さんきゅ」

飲み物を買い足す代だろうその一部を受け取って、俺から先に賽銭箱《さいせんばこ》へ投げ入れた。ペットボトルをわきに抱えて手を合わせてみる。別に祈ることはなかった。

少なくとも俺の中で、幽霊なんていないのかもと思わせた昨日の経験が、神とか精霊とかを信じる心にも影響を及ぼしていた。

俺もサブレもすぐ手を合わせるのをやめた。

することもないし、階段へと引き返す。鳥居をもう一回くぐったところ、サブレがポケットからスマホを取りだした。階段下の景色を撮影しだしたので、立ち止まる。

この間を使って、訊いてみることにした。

「タナトフォビアだったたって？」

「うん、そう」

カシャリと音がする。上手く撮れなかったのか、サブレはまだスマホを構えてる。

「小学生の頃、死ぬのが怖くて仕方なかった時期があってさ。家で急に泣き出すから心配されたし、あまりに怖い怖いって言うから面倒くさがられてた。毎日毎日、死ぬって何かとか、死後の世界についてとか、親を質問攻めにしてたら怒られたこともあった」

「高校生になっても同じようなことしてんだな」

「そうだね。興味だけ残ったんだ」

サブレはもう一回、シャッターを切った。俺と同じだ。

「なんでその話をしようと思ったかって言うとだね」

「うん」

「昨日、あの部屋を見て強烈に思ったんだ、死にたくないって、そしたらタナトフォビアの感覚が戻ってきて、夜は結構やられてた。だからノックにもラインにもすぐ反応出来なかったんだごめん。レポートも全然終わらなかったな」

「え、大丈夫かそれ」

照れ笑いみたいなのを浮かべて世間話っぽくサブレは話したけど、こっちは心配になる。まさかそんな状況だったとは知らず、一人っきりにさせてしまった。昨日の夜、もっとちゃんと声をかけてればよかった。じいちゃんに褒められてるような場合じゃなかった。もっと振り返れば、イカ食べてる場合でもなかったのかもしれない。あのくらってるは、そんな重大だったのか。

「大丈夫、提出期限はないから」

「そっちじゃねえって」

「ごめん冗談。うんまあ私もさすがに成長してたな。朝になったら大丈夫になってた。ただ次は、自分の死ばっかり気になるのは、冷たい人間だからなんじゃないかって思えてきて、そしたら過剰にめえめえ達の命が気になったんだ」

「だからさっき朝練を異常に心配してたのか」

「そう。ちょっと考えすぎて、強い言い方してごめん」

俺が嫌な気持ちになってはないかと気にして、タナトフォビアの話を始めたのか。相変わらずだ、サブレは。

「全然いいけど」

そう、別にいいんだけど。

「言えよ」

「言え?」

サブレの視線がスマホからこっちに向く。ばっちりと視線が合う。触りたいとは別の感情も引き寄せる彼女の手は、今はスマホでふさがってる。

「そう。考えすぎてきつかったらその時に、俺、とか、エビナとかハンライとかは、特にサブレのそういう性格知ってんだから、さ、言ったらちょっとは、こえーって気持ちがなくなったりするかもしれないだろ」

落ち着くまでラインの返信も出来なかったってことは、エビナにも誰にも助けを求めなかったってことだ。いやそんな事実を考えなくたって、サブレは自分が辛くて仕方ない時に助けを求めたりしない気がする。タナトフォビアが人にうつるかもなんて心配する奴が。

「だから、言えよ。俺がイカ食ってる時でもいいし」

何の気もなかったはずなのに、気持ちを言葉にしてみたらまるで俺が助けてやれるって胸を張ってるみたいで、それを友達相手にしてるのはすごい恥ずかしかったから、誤魔化した。思わず目を逸らして、階段の先にある細い川に目をやる。まだ光ってた。当たり前だ。ずっと鳴ってたのに、サブレが息を吸う音で蟬の声が際立った。

「分かった。言うよ」

「うん」

同意してくれた方が照れなくて済んだのか、馬鹿にしてくれた方が照れなくて済んだのかは分からない。ひとまず友情漫画のワンシーンみたいなこっぱずかしい雰囲気をリセットしたくて、悪い話でバランスを取ろうとした。

「サブレの隣にエビナみたいなやつがいるのちょうどいいよな。あんな何にも気にせず人に殺すぞとか言ってるやつ」

「めえめえもそんなやつだな」

その返しの意味が分からなくて、再度サブレの方を見た。あっちも俺を見てた。あっちも何故か不思議そうな、何とも言えない顔をしていた。

「え？　俺、あんなに人に死ねとか殺すとか、言わねえけど」

「ごめん私もまだ説明出来ないのに言った。出来るようになったらする。いい？」

「うん、でもなんだそれ」

「なんだろね」

二人して首を傾げながら階段を下りていると、また俺の顔に風に吹かれた葉っぱが飛んできて、ちょっとおおげさにリアクションをとった。

「そういえばサブレ、神社になんか祈った？」

「いや？　何も」

だろうと思った。


少し考えれば分かる。俺がいくら焦っても相手の親戚んちにいる間で告白するとか手を握るタイミングなんてあるわけない。

朝ごはん食べたら、今日は午前中から観光に出かける。サブレ希望の博物館へ、じいちゃんが車で連れてってくれる。実は俺も事前に希望を訊かれてた。でも調べて行けそうな場所にある観光地はどこも博物館とか遺跡、あと自然くらいで俺にとってはあんまり大差なかった。だから任せた。

夜行バスを降りた駅のすぐ近くに、その建物がある。建物全体を覆う柵が真っ赤で綺麗だったのに加えて、入口がその赤い柵を無理やりこじ開けたようなデザインでちょっとグロさを感じた。なんか内臓の中に入って行くみたいなイメージ。

「おー、すげ」

　さして期待してなかったくせに、入場料を支払い展示室に入ったら、サブレより先に声をあげてしまった。

　暗くて広い空間には、巨大で光り輝く色とりどりの作品が並べられていた。馬鹿みたいだけど、でかくてかっこいいものを見たらテンションあがる。俺が数秒立ち尽くしてるうち、さっきまで隣にいたはずのサブレはもうそこにいなくなっていた。一番近い展示品のそばで説明書きを読んでいる。

　こういう時のサブレは、好きに飛び回り気に入ったらいつまでも同じところに留まったりする。登校する時に下宿の庭で見た鳩が、帰ってきてもまだいるみたいなもんかもしれない。

　一年生の時、俺達は授業で博物館にでかけた。エビナが「飽きた」「つまんね」と散々うだうだ言ってる横で、一人説明書きを熟読していたのがサブレだった。実在するレポートで、俺達はかなり彼女の記憶の世話になった。

　俺もエビナと変わらず、博物館とかの細かい説明は素通りするタイプだ。今回も成り立ちとか作り方は後でまたサブレに教えてもらうとして、でかい展示物の全体像を眺めるため周りをうろちょろと歩く。この土地を代表する祭りの象徴だ。昨日のＪ‐ＰＯＰと混ざった変な雰囲気のやぐらとはわけが違った。裏から見ても、迫力がすげえ。

　一周して戻ってくると、またサブレがいなくなっていた。入れ違いで裏に行ったのかもしれない。追いかけるのが友達としてはありだけど、片想いとしてはちょっときもい。じいちゃんの目もあるし、俺は俺でマイペースに次の展示物を見に行く。

そんなことを繰り返していくうち、当たり前に俺の方が先に展示物を見終わった。最後のやつの周りもぐるっと一周、改めて全体を見回してみてもまだサブレは一つの説明書きの前に貼りついている。じいちゃんは何度も来たことがあるのかもしれない、壁沿いの椅子に座ってのんびりしていた。さすがにここはサブレとの合流を選んでもいいはずだ。

「いっつも真面目だなサブレ、全部読んで」

後ろから声をかけると、振り返ったサブレは複雑な顔をしていた。眉は悲しそうで、口元は楽しそう。

「真面目っていうか強迫観念なんだよね。こういうの全部読まないといけないような気がして。自分でもあんまり意味ないとは思ってる」

まさかそれもサブレの気にしすぎの一環だとは、知らなかった。

「でもサブレが正解だろ。説明書きも料金に含まれてるんだから。俺みたいな読まない奴が損してるだけで」

「損はしてないと思うよ。同じ値段の食べ物を、完食しても残しても本人が満足したならそれが値段に対する価値だし」

「確かに、そうか。なんかちょっと違うかもしれないけど、小学校で給食残す奴に先生がさ、世界には食べ物を満足に食べられない人もいるのにって言ってて、俺はそいつが食ったって腹減った人が救われるわけじゃねえだろって、思ったの思い出した」

「ひねくれてんな、ちびめえめえ」

サブレはその呼び方が何故か気に入ったみたいだ。

ひねくれてるかな？　あの頃の俺的にはむしろまっすぐな疑問だった。そんな小さい違和感は、サブレに向けられた親指の先端でどうでもよくなった。

「私もそう思ってた」

別にこの時の会話をなぞったんじゃないだろう。博物館を出て駅前をゆっくり散歩した後、サブレはじいちゃんからご馳走になったうなぎ丼の米を少し残した。さすがに女子が箸をつけてる残りを俺が平らげるわけにもいかないから米は諦める。どうせ完食したところで俺とサブレ以外、誰かの腹が満たされるわけでもないんだし。

うなぎはサブレのリクエストだったそうだ。やっぱり高級品好きなんだな。考えてみると、ピスタチオも値段の割には量が少ないコスパの良くない食べ物だ。もし付き合ったら出費が凄いのかも。

食後に店の人が出してくれたお茶をすすりながら、この四日間で新たに知ったサブレの一面を改めて具体的に思い返してみる。

高級食材好き、親戚に対して気にしすぎはあんまり発動しない、実は平気で嘘をつく、どこかじいちゃんに似てる、気まずいシーンでの度胸がある、りんご飴にこだわりがある、実は付き合ってた奴がいる、タナトフォビアだった。

俺にとって、恋人がいたという事実だけ決定的に重みが違う。正直、色んな事の初めてが俺じゃない可能性があるってのは、嫌。

けど、考えようによっては悪いだけじゃない。サブレは、恋愛自体を嫌がってるわけじゃないってことだから。だったら可能性が大きくなる。気がする。相手を大切にしたいと思ったからふるっていうのは、エビナの罪悪感のくだりくらいよく分からない。女子は難しい。

サブレはこの数日で俺について印象が変わったりしたことがあったのかな。ＤＩＹの力仕事で男らしいとか思っててくれたらいいな。

ちらっと横目で隣に座るサブレを見ると、あっちもこっちを見ていた。

「めえめえ湯飲み似合うな」

「なんだそれ言われたことねえ」

「カップより湯飲みの方が似合うよ。別にカップはやめた方がいいって意味じゃなくて」

「そんな髪短い方が似合うみたいな言い方されても」

サブレもじいちゃんも笑ってくれたから、サブレの言いたいことの意味はあんまり分からなくても良かった。湯飲みか、なんかちょっと年寄りくさいみたいな意味だったら嫌だ。

じいちゃんにうなぎの礼を言って店を出た。それから俺達は車で次の目的地へと向かう。十分ほど走って着いたのは、古くてでかい日本家屋の前だ。その家のガレージってより納屋では、雰囲気に似つかわしくない外車がぎゅうぎゅうになって場所をとっていた。

スライドするタイプの玄関に鍵なんてかかっておらず、じいちゃんがすんなり開けると奥から走ってきた小さい犬が高い声でキャンキャン吠えた。チワワだ。犬種も家にあんまり似合ってないな。線香の匂いはしなかった。

チワワに続いて、ゆっくり歩いてきたばあちゃんの顔を二日ぶりに見た。あの時よりだいぶ柔らかい表情で俺達を迎えてくれた。運転すると性格変わるタイプなのかもしれない。

今日の約束はじいちゃんが取りつけた。

お邪魔したのは、あの時のお返しをサブレが渡すためだ。玄関先でもよかったのに、ばあちゃんは俺達を座布団が敷かれた畳の部屋に通し、重厚な木製のテーブルの上にお茶や追加のお菓子まで並べてくれた。サブレは恐縮していたけど、俺は出されたものは遠慮なく食べる。俺達はこっちに来てもう何度目かになる、自分達の高校生活の話をばあちゃんにした。旦那さんは道場で子ども達に空手を教えてる真っ最中らしく、いなかった。

この旅で二度目、二人の関係性についても訊かれた。

「あら、恋人じゃなかったんだね」

そう言われ、彩羽のおばちゃんに対しての時と同じようにサブレは一度笑った。でも、あの時とは答えが違った。

「私の思いつきに付き合ってくれるちょっと変わったやつです」

「変わったってどういう意味だよ」

ついいかにもバカっぽくツッコんでしまったのは、変化が引っかかったからだ。

他のやつの口から出てきたならたまたまだと思う。言ったのは、サブレだ。なんの意識もなく、そんなことをするとは思えなかった。俺にとってプラスなのかマイナスなのか分からない。エビナだったら、俺やハンライとは違う意味の悪い頭で読み解いてるかもしれない。読み解けないから、知りたかった。

もし二人きりでも同じ回答だったのか。

サブレはわざわざ作った感じの白々しい顔で「そのままの意味だが」と答えた。

その顔を見て、昨日のじいちゃんと話したことを思い出した。俺達は、相手への気持ちをそのままじゃ言えない関係、本当の友達だから？

ばあちゃんちを出た頃、俺とサブレのスマホに同じ通知が届いていた。気づいたのも同時、三日間寝食を共にしている家に帰ってからだ。『クラス&下宿』というグループラインにハンライが画像を投稿していた。それはあいつの自撮りで、奥ではエビナがファミレスっぽい席につき今にもドリアを口に入れようとしている。画像のすぐ後、エビナから『次、盗撮したら殺す』と投稿があり、ハンライが全く反省してない様子で『すねを蹴られた50のダメージ』と投稿していた。

これはどこだろう、思ったことを真っすぐに、『どこ？』と投稿したら、ハンライから『誰もいなくて暇だったからエビナの地元来た』とすぐ反応があった。結構驚いてたのも束の間、またすぐ『売買交渉しに（札束の絵文字）』と投稿される。おい馬鹿って口には出さなかったけど、強く思ったから通じたのかもしれない。横で俺と同じくスマホを見てたサブレから「売買？」って声が聞こえ、ハンライもすぐに気づいたのか『間違えた』と投稿し、それ以降、ハンライもエビナも無反応になった。俺にサブレへの言い訳を丸投げするなっ。

ちゃんと説明しようとしたらあのチキンレースの話までしなくちゃいけなくなる。共犯に思われても嫌なので、「宿題かなんかかな」って誤魔化す。サブレの何かを見透かしてるような「ふーん」が怖かった。

にしても、あんな悪い奴のエビナが人気者だな。あいつのとこに二日連続でクラスメイトが遊びに行ったってことになる。一途なダストより、あーいうハンライと仲良くしてるのがずっと不思議だ。

「なんでエビナのやつ、ハンライとは仲良いのにダストにはまだキレてるんだろうな」

サブレなら何か事情を知ってるかもしれないと思った。もちろん話を若干逸らす意味もあった。

「ハンライは自分で責任取ってるからかな、真面目なのはもちろんダストだけど」

意外にもサブレは即答した。もっと深く答え方を考えるのかと予想してたからちょっと驚いた。まるで既に解いた経験がある問題の答えみたいだった。そして簡潔すぎて式なり解説がなく意味が分からなかった。何が言いたいんだろう。

気になる。と言って、俺もまさかハンライとエビナが付き合うとかいう心配をしてるわけじゃない。エビナにその気があるはずないし、ハンライはこの前また「付き合ったらちんこ引きちぎられるぞ」なんつってダストをいじってた。心配してるのは強く当たられてるダストの気持ちだ。自分のことだと思ったらぞっとする。

俺が答えに辿りつく時間は与えられず、良い香りがキッチンから漂って来た。

逃げたあいつらのことはいったんほっとこう。

俺達はここ数日の定位置になってる椅子にそれぞれ座って、じいちゃんの淹れたコーヒーを飲んで一服した。

これから日が高いうちに、今日まで世話になった部屋をそれぞれ掃除する。提案者はもちろんサブレだ。言われたら俺もちゃんとやる。掃除機をかけて、布団を外の物干しで叩き、ついでに使ってないけど部屋の隅に追いやられたテーブルをきちんと拭いた。ますます合宿みたいだった。

その感覚が手伝って、明日には帰宅する自分をはっきり想像出来てしまった。なんとも、心が転がっていくような気分になる。イメージとしては、ボールみたいな心を何本かの棒で支えていて、その支柱のうち一本が消え去ってしまったような。心がコロンとあてもなくどこかにいってしまう不安みたいな。サブレならもっと上手く説明するかもしれないけど、俺の心の説明は俺にしか出来ない。これが限界。

寂しいとか、名残惜しいとか、そういうのなんだと思う。なんか違うような気もする。仏壇前に置かれた分厚い座布団の埃を外で落としながらもう一回考えて、やっぱり上手く言葉には出来なかった。サブレへの気持ちは好きだ以外にないんだけどな、なんてふいに考えてしまって、なんかちょっと信じられないくらい恥ずかしくなり、廊下ですれ違った時に目を逸らしてしまった。もし告白する時が来たらどんな顔をする気だ。

俺達が掃除をする間、じいちゃんは老眼鏡をかけてリビングのテーブルで手紙を書いていた。今時手書きってところが世代かも。一度咳き込んで文字が歪んでしまったらしく、一枚全体をやり直していたところに、サブレとの繋がりを感じた。

掃除中に何か壊したりとか、ハプニングはなかった。俺達はついでだとリビングや廊下の掃除機がけもした。サブレがまさに重箱の隅をつつくという風に雑巾で埃を拭っていて、気にし過ぎの性格を知られてなければ良いお嫁さんになるみたいな評価をされるんだろうと思った。ひょっとしたら、そんな感じで前の男はサブレを好きになったのかもしれない。上辺だけ見て。

夏休み前もそうだったし、この数日もそうだったんだけど。

今日、特にサブレのことばっかり考えてしまってる。

昨日からの焦りがまだ続いてるからだと思う。でもだからって、その念みたいなものがこの空間に通じて何か二人の間でイベントが起こるわけでもない。

掃除が終わったら夕方、俺達はじいちゃんの車でそば屋に連れて行ってもらった。じいちゃんがよく来る場所らしく、一度は連れてこようと思っていたそうだ。そばは食堂で食べるのなんかと味も食感もまるで違った。値段ももちろん違う。サブレも美味しい美味しいと言って食べていた。

食事中、この三日間の感想みたいなものをやんわり訊かれた。そういうのをまとめるのが俺は上手くなかった。基本的にはイメージで生きてるから。でも学校のと同じで未提出ってわけにはいかない。せめて、真っすぐ思ったことを話した。ＤＩＹが意外に楽しかったことと、生きるとか死ぬってもっと複雑なんだと思ったこと、じいちゃんが用意してくれた飯が全部すごい美味かったこと。我ながらマジで単純だったけど、じいちゃんからは「気が早いが、また是非遊びにきなさい」と言ってもらえた。サブレとの未来を見守ってもらえるようで勝手に心強かった。

サブレは俺よりもうちょっと複雑な、らしい感想をじいちゃんに伝えた。これにもじいちゃんは「少しでも司達の興味の手助けを出来たならよかった」と、俺も含めて言ってくれて、二人で礼を言った。

そして家に帰り、最後の夜は緩やかに過ぎた。なんの特別もなく。テレビを見たり、ピスタチオを摘まんだり、洗濯して干してた服を取り込んだりした。

昨日の彩羽と向き合った衝撃が大きすぎたと思う。博物館もよかったし、うなぎもそばも美味かった。でも楽しい中で、ちょっと物足りなさを感じてしまっていた。拍子抜けというか、それはもちろん、サブレとの間でぶわっとするようなことが起こらなかったのも理由になっている。

今日が終わる頃になって、俺の中の焦りは転がる心の回転を速め、この旅行はどう考えても現状を打破し親密になるチャンスだったのにな、なんてそんな行動を取らなかったくせに意味のない後悔を俺にさせた。

一瞬で覚悟を決めなければならない瞬間が試合中なら数えきれないほどあるとか、なんとか。サブレの旅についてくるくらいは決断出来ても、肝心なことになるとまるで駄目だ。こういうところ、俺がどれだけ練習頑張っても日本一にはなれない理由かもしれない。一緒にいれるって環境に甘えてる。卒業とかまだ先だとはいえ、当然ある未来なのに。

今日はじいちゃんも遅くまでリビングにいて、一緒にテレビでやってた映画を観た。二人きりになってたとして、誰がじいちゃんちのリビングで告白の伏線はるんだって感じだけど、意味もなく、俺はそわそわした。

一時停止の出来ないテレビ放送を見ながら、サブレはこの夜をどう思っているんだろう。本当のところ言うと、こんだけ仲がいいんだから、サブレも俺のことを好きとまでいわなくても、恋愛的な意味でちょっと良く思ってくれてたりしないかなって、期待してる部分がある。もしそうだったら、こういう特別な旅の最後に、二人きりになる時間を無駄にはしたくないんじゃないかって。

行き過ぎた期待だったと知った。じいちゃんが「おやすみ」と言って部屋に引っ込んでからすぐ、サブレはシャワーを浴び「おやすみそれではまた明日！」って、リビングで座る俺に元気よく挨拶をしてきた。なんも言えないけど、なんかちょっと悔しくて、「レポートはいいのかよ」と笑いまじりにツッコんで別れた。多分、今からやるんだろうって知ってて。リビングには俺と、じいちゃんが出すのを忘れないようテーブルの上に置いた封筒だけがぽつんと残された。冷蔵庫の音が、でかくなった気がした。

一人になって、まず俺もシャワーを借りた。髪を乾かし寝巻に着替え、畳の部屋で軽く荷物をまとめ、スマホを取りだす。

『サブレとなんか進展したのかよ』

ラインを送ってきてたエビナには返信せず、悔しさと友達へのいじりと褒めたい気持ちを込め、ダストにラインで『お前すごいな』って送っといた。エビナとのことだってちゃんと伝わると思う。

無駄に深夜まで起きててもやることないから、布団を敷いて電気を消し横になった。家の外から聞こえる生き物の鳴き声以外何もない真っ暗な空間で、天井を見上げる。ぼうっとサブレの顔を思い浮かべていたらスマホが点灯した。見たらダストから『諦めが悪いだけ』って来てた。

諦め。もし俺がサブレから拒絶されたら、ダストみたいに何度も挑戦するかどうか。

そもそも前提からして考えたくないことで、暗闇の中では頭が痛くなりそうだったからやめておいた。ダストはこれに何度も立ち向かってるってことだからやっぱすごいし、どっか頭おかしいぞお前。

ちょっとずつ目が慣れてきて、見え始めた天井の質感に、別の友達を思い浮かべてみる。昨日も今日も余計なことを言ってきたハンライ。女が好きだってのは言動で丸分かりだとして、あいつが誰かを特別に好きだって話は聞いたことがない。あの子可愛いとかはしょっちゅう言ってるし、あの先輩は尻がエロいとかは毎日のように言いながら、誰かのことが好きだとは言わない。愛情を分散してるからなんだろか。もしくは性欲でしか見てないとか。どっちにしろ、また女子に見損なわれそうだな。そしていつかエビナに蹴られる。それがサブレの言う自己責任？　確かに罰は受けてるけど。

ハンライは特別な感情がない女子に対しても色々したいことがあるらしい。気持ちがないのに？　とは俺も思わない。ないからこそっていうなら、分かる。俺もちょっと話すくらいのクラスの子とか、先輩後輩、もっと言うと女優とかアイドルとかならそういう想像をしやすい。でもサブレを相手にすると、途端になんかすげえ悪いこと、具体的には自分の気持ちを全部嘘にしてる気がする。それならまだエビナの方がいい。あいつも友達なんだけど、好きな相手との間には明確なアウトセーフのラインがある。

とは言え、途中までなら、思い浮かべなくもないんだ、サブレとのこと。下宿仲間だから、事実無根じゃない想像をしやすい。普段は特別嬉しいとも思わなくなってしまった風呂上りや、寝起き姿が、役に立つ。

ふわっと手に想像上の感触がしたところで狙いすましたように、じいちゃんの咳が聞こえた。怒られてる気がして早々に頭の中の映像を打ち消す。もうばあちゃんの幽霊は信じられなくなった分、生きてるじいちゃんの目や耳は気になる。

寝返りをうち横を向く。畳の匂いが少し濃く感じられる。またじいちゃんの咳が聞こえる。この数日、珍しいことじゃなかった。煙草吸うの、やめたらいいのに。

目をつぶって、今度はサブレの内面について考える。この四日間も相変わらず気にし過ぎで、変なことに興味を持って、自他共に認める弱そうな見た目とは反対で堂々としてた。

タナトフォビア。今朝聞いたばっかりだから、その言葉が強く印象に残ってる。

死ぬのが怖い、そりゃ俺だってそうだ。でも恐怖症って名前がついてるくらいだから、レベルが違うんだろう。はっきりとは分からない。例えばたまに聞く、潔癖症の人が電車のつり革に触れないとかいうのを全く理解できないのと同じで、タナトフォビアを持ってしまったサブレの気持ちは、ずっと分からない気がする。

だから、正しい心配の仕方も分からない。擦り傷や切り傷なら、これくらい痛いって分かって、これくらいなら大丈夫とか、すぐ保健室行けとか言えるけど、死ぬのがずっと怖いって気持ちをどう心配してやればいいか、本当のところは分からない。

でももしサブレにまたタナトフォビアが襲い掛かったなら、どうにか不安を取り去ってやりたいと心から思う。俺にだって出来ないことはないと信じたい。だって別に癌を治療する医者が全員、癌にかかったことあるわけじゃないだろうし。

帰ったらタナトフォビアについて調べてみよう。

そういう適当な予定をたてて、ふと思う。

どんな不安も大抵は真っ暗闇の中で大きくなる。

日が昇っていた時は大丈夫だった心配事が、布団の中で起き上がってくることはよくある。

サブレ、今日は大丈夫なのかな。

今夜もまた、忘れていたはずのタナトフォビアにやられてはいないだろうか。仰向けになっても、昨日と同じで、二階にいるサブレの姿が見えるわけない。天井のきしむ音とか、そんなちょっとの情報から彼女の心の状態が感じられればと、期待ほどでもなく耳を澄ましてみる。

当然、分からない。

不安になったのは俺だけかもしれない。良い機会だって、ちょっとだけ思ったのも。大丈夫か、っていきなり部屋を訪ねるのはさすがにアウトだな。寝てたら迷惑だし。ラインくらいならいいか、気づかれなかったら、明日「ごめん寝てた」って言われてそれで済む。

心は決まっていなかったけど、手を伸ばして枕元に置いたスマホを探す。摑んで顔の前でタップしたら、白い光に照らされる。通知は何もなかった。

ラインを開いて、大丈夫かって打って消して、タナトフォビアはどっか行った？　って打って消して、話したいことがあるんだけどって打って、結局消した。

スマホを元あった場所に置き、手探りで充電コードとつなぐ。用意した言葉がどれも、サブレに届きそうにはなく感じた。

また、じいちゃんの咳が聞こえる。今度は何回か連続で。

二回、三回の連続は、昨日の夜にも聞こえてきてた。

今夜はその咳が、長く長く続いた。

いいかげん大丈夫かと心配になってきたところで、一つじゃない物が床に落ちる音がした。

同時に、咳が聞こえなくなった。

数秒、布団の中で悩んで、やっぱり気になり起き上がる。

廊下側にもあるスライドドアを開け、手探りで廊下の電気をつけた。ぺたぺたと足音を鳴らしながらじいちゃんの部屋の前に立つ。

ノックしかけて、もしなんでもなかった場合にそっちの方がうるさいかもしれないと考え直す。控えめに、声を出した。

「大丈夫ですか？」

返事はない。さっきの音で目覚めていないとは思えない。ひょっとして年取った人の眠りは深かったりするのかな。

一応、扉ギリギリまで耳を寄せてみる。

中から薄く、隙間風みたいな高い音と、洗濯機の排水みたいな音が聞こえた。

部活で、その混ざった音に聞き覚えがあった。

過呼吸だ。

気づいたと同時にドアを開けた。

廊下の灯りのおかげで、部屋の奥のベッドに座るじいちゃんと、床に転がったコップに、濡れたカーペットが見えた。

駆け寄って膝をつき声をかける。でも、じいちゃんは非常事態だからだろう、睨むようにこっちを見るだけで、苦しそうに呼吸をしようとするだけで、何も言葉を発しない。代わりに、頭上の戸棚に手を伸ばそうとする。

ほんとに過呼吸なのか、それとも他の病気なのか分からない。過呼吸なら、処置を施せば部活中苦しそうにしてた先輩も命に別状はなかったらしい。それは、若いからかもしれない。じいちゃんは元気そうに見えても、七十を超えてる。

最悪、死ぬ？

「サブレ呼んできますっ」

立ち上がり、俺は部屋を飛び出した。じいちゃんに言ったのを早速裏切って、まずは畳の部屋からスマホを手に取り階段をかけあがる。

「サブレ！」

部屋の前について呼びかけてから一秒の間もなく、扉が開いた。起きていたんだろうし、俺の足音に気づいたんだろう。

「どしたの？」

目を丸くするサブレに伝えようとする口と、スマホで119番を押そうとする手が噛み合わず、一瞬フリーズしてしまった。しかしなんとかその二つの回路を分けて、手の動きはいったん忘れ、サブレに事実だけ伝える。

「じいちゃんが、呼吸できなくて苦しそうにしてる」

「え？」

「俺、救急車呼ぶから、サブレじいちゃんを頼む」

サブレの反応を待たずに階段を下りながら、今度こそ１１９番を押す。サブレも背中についてきているのを感じたから振り返らなかった。

廊下に飛び降りて、呼出音からすぐ繋がった。初めての経験に緊張するけどそんな場合じゃない。

『はい１１９番消防署です。救急ですか？　消防ですか？』

病院じゃなくて消防署に繋がるってのも初めて知った。こんな時に何故かうるさくないよう気にしてしまい、リビングに移動する。

「救急です！　じいちゃんが咳して呼吸できなくなってて」

『救急車が必要そうですか？』

「えっとじいちゃん以外に高校生しかいないんで、お願いします！」

『分かりました、住所をお願いします』

住所？　言われてちょうど、テーブルの上の封筒が目に入る。手に取って、書かれている文字をそのまま読み上げる。

『分かりました。すぐ向かいます』

そこから改めて症状を訊かれた。俺はまたさっき見たままを正直に伝える。次は、性別、年齢、持病。年齢はアバウトでよくても、持病は分からない。俺はサブレに電話を変わった方がいいだろうと、駆け足でじいちゃんの部屋に行く。

部屋で、じいちゃんはサブレに背中をさすられながら口に何か道具をあてがっていた。似たようなものに覚えがある気がした。

目が合ったサブレに事情を説明し、電話を変わってもらう。彼女はじいちゃんの背中に手を添えたまま電話をとった。俺はやることがなくなってしまい、一応、必要かも分からない水を冷蔵庫から取ってきた。

「はい、元々聞いてました。頻繁ではないみたいです。はい。今は吸入薬を。喫煙者です。はい。はい。私が孫で、鳩代司です。この電話番号は、宿泊してる友人のものです。はい、よろしくお願いします」

冷静に受け答えをする様子に俺が感心する間もなくサブレは電話を切り、スマホを渡してきた。そしてまたじいちゃんの背中をさする。俺も二人に目線を合わせるべく、両膝を床につく。

しばらく無言でいると、じいちゃんの呼吸の音が静かになっていくような気がした。ような、というのは、俺が小さくなっているように感じているだけで、それがただそうなってほしいという願いかもしれないと思ったからだ。

でも、どうやら現実だった。じいちゃんは、隣に座るサブレを見て、それから俺を見て、器具を口から離した。

「……すまない」

かすれにかすれた、道路沿いを歩いていたら全く聞き取れないような声だったとしても、その言葉をもって命にかかわるような場所は超えたように思え、俺はほっとした。

ほっとして。

同時に、正体不明の寒さが、心配で詰まっていた胸の、空いた隙間をかすめた気がした。夏に似つかわしくない冷気が体内で感じられた。

思わず、Tシャツの胸の部分を自分で摑んだ。

でも体はむしろ、少し熱くなっているくらいだった。

「じいちゃん元々、喘息《ぜんそく》持ちなんだ」

さっきの感触の正体を摑もうとしていたら、サブレが説明してくれた。それで、じいちゃんが口に当ててた道具に似たものを小学校の同級生が使っていたと思い出した。

「今から救急車来てくれて、一応病院で検査受けた方がいいって言ってた。じいちゃん落ち着いたら保険証の場所教えて」

俺は近くに落ちていたコップを今さら拾う。じいちゃんは無言で、棚の上を指さした。棚の上には財布があって、恐らくそこに入ってるということだろう。実は初日からちょっと笑いそうになってたんだけど、財布にはギラギラのラメでドクロ模様が描かれている。今更いじるのは無理になった。

「心配かけてすまない。司、瀬戸くん」

今度の謝罪はさっきよりずっと鮮明に聞こえた。症状が落ち着いてきてるらしい。俺もサブレも口をそろえて「全然」と答える。

「症状、自体は、普段から、たまにあるんだが、説明をしていなかった、な」

荒く息をつくじいちゃんの言葉にかぶせるように、かすかにサイレンの音が聞こえた。その音が段々と近づいてくる。俺が先に立ち上がって玄関に向かい、靴を履いて扉を開けたまま固定する。人感センサーでついた明かりをめがけるように、音と光がやってくる。間近で見る救急車はイメージよりもでかく、昼間に博物館で見た展示を少し思い出した。

そしてまた、さっきの寒気が胸を刺した。

外気じゃない。外は涼しい。緊張が解けていく感覚、とは、少し違う気がする。ともかく救急隊員達を家に招き入れ、部屋に誘導した。俺達が作ったアプローチは足場として役に立っているだろうか。

サブレも、後は任せた方がいいと思ったんだろう。部屋を出て、廊下で二人並び、遠目に見守った。

救急隊員とじいちゃんの会話がなんとなく聞こえてきている間にサブレを見ると、彼女もこっちを見てた。

「ありがとうめえめえ」

「いや、めちゃくちゃ焦って救急車まで呼んじゃったけど、じいちゃん普段からあるって言ってたし、よくなかったかな」

ひょっとすればそのミスに対する不安が、胸に刺さった寒気と関係あるのかと思って。

「いやいや救急の人も念のため検査すべきって言ってたしめえめえ正解だよ。私だけなら気づかなかった。ほんとありがとう」

役に立ったならよかった。そう思ったのは本当だ。なのに、心臓か肺のあたりにある違和感は消えなかった。気になる。でもこういう局面に遭遇したことがそもそもないんだから、緊急事態に焦りや緊張が混ざって変な感覚になることはあるかもしれない。

待っていて、ふと開いたままの玄関の方を見たら、暗がりの中で赤いランプに照らされた人影が見えた。ヘルメットも被っていない様子で救急隊員じゃなさそう。ひょっとしたら火事場泥棒的な何かかと身構え、すぐ気づく。救急車止まってるってことは人いるってことで、泥棒が来るわけないか。

一応、誰か確認しといた方がいいかもしれない。サブレに一言伝えてから、俺一人外に出てみる。顔を見合わせると、人影は逃げて行くどころか会釈をしながら近づいてきた。そこでやっと思い出した。立ってたのは、一昨日の昼にオープンカーに乗ってるのを見た日焼けしたおっちゃんだった。

おっちゃんは「心配になって見に来ました」と、車のいかつさに似つかわしくない口調で言った。俺もその柔らかさに合わせ、事情を簡単に説明する。念のため病院に検査に行くらしいのを伝えたところで、「今夜は起きているから、移動とか手伝えることとあったらいつでも言って」と電話番号を渡された。カステラのばあちゃんと言い、優しいご近所さんだ。俺も気が抜けてきたのか、オープンカーで？　と考えるとちょっとだけおかしくなった。

　家に戻ってサブレにおっちゃんのことを伝えたらすぐ、救急隊員から部屋に呼ばれた。これから念のため肺や心臓の検査を受けにじいちゃんを病院へ運ぶ、本人の意識がはっきりしているため付添は不要だと説明を受けた。入院の可能性がゼロではないというのも。こっちを見たじいちゃんが「すぐ帰れるとは思うが、何かあったら連絡するから寝てなさい」と説明してくれた。喋り方に違和感はあったけど、呼吸も落ち着いている様子で安心する。時間の猶予があるようだったから、隣のおっちゃんのことを大人達に伝えた。じいちゃんからもおっちゃんに連絡をとることになって、不在中いつでも彼に助けを求めていいと教わった。実は釣り仲間らしい。

　玄関先で、救急隊員の人達とじいちゃんが乗った救急車を見送った。

　赤いランプが見えなくなると、いなくなっていたように意識から消えてた虫やカエルたちの鳴き声が一斉に聞こえた。オープンカーに乗るおっちゃんの家の灯りが、むこうに見えて頼もしい。

　サブレと二人でいったん顔を見合わせ、ほぼ同時に溜息をついて家の中に戻った。しっかり鍵を閉め、靴を脱ぐ。

「私、一応彩羽ちゃんとこのおばさんに連絡しとくね」

　そう言ってサブレはせかせか階段を上っていった。それはやっといた方がいいはずだ。

けどもしこのままサブレが降りてこないで一人にされたら、なんかこう浮足立った感じをどうしていいか分からないなと思った。

白い灯りは心が逸りそうで、リビングの常夜灯をつけ、冷蔵庫から麦茶を出してコップにそそいで飲む。胃に、冷たい感覚が下りていく。さっき心に刺さった冷たさと似ていた。俺もなんか体の不調か？

気にはなりつつも、ちょっと一息ついた。

このまますぐ寝るのは難しそうだ。なんとなくリビングのカーテンを開けて、窓際の椅子に横向きに座り夜空を見上げた。透き通ったガラス越しに、月が見える。

麦茶の一口ごと、検査ってどんな検査するんだろとか、もし本格的に悪かった場合明日はどうしたらいいんだろうとか、心配にまでなっていないぼんやりとした考えが巡る。

俺の行動は早とちりだったのか一瞬焦ったけど、サブレもああ言ってたし、結果的には正解だった。

不思議なことに、たった数十分の騒動の断片が、今となっては既に思い出として頭の中で蘇る。ちょっと恥ずかしいイメージで言うと見上げた月に映る。

自分でその表現と状況のちぐはぐさに笑ってしまう。

まさか、この数日の中でも一番平穏だった今日の最後、こんなことが起こるなんて思いもしなかったな。

まさかこんな。

イベントがあるなんて。

今度の冷えは、痛みを連れてきた。

俺は落ち着くため、まだ麦茶が入ったままのコップをそっとテーブルの端に置いた。じいちゃんみたいに床に落とすこともなかった。

体の外側は、さっきまでの名残として熱を若干残しながら、ほぼ普段通り。部室で服を着替えテニスコートに出た時くらいの感じだ。体調に問題はないっぽい。

部活ならここから動いて、真っ当に心拍数と呼吸の回数を上げていく。体の中心から、手や足の指先に力を送るイメージで。

今、逆のことが起ころうとしていた。体中の末端から振動が始まり、それが徐々に寒さをめがけ中心に集まってくるような、気持ち悪い予感があった。

その予感が、何故かも何かも分からない。経験したことがない。

分からないくせに、絶対に頭の中ではっきりと描いちゃいけない気がした。それを持ってることに気づいちゃ駄目な気がする。だから押しのけよう、追い出そうとするのに、触れた心の一部に染み込んでくる。

じわっと滲んだそれは、俺が気づきかけている気持ちの存在をはっきりさせようと、たくさんの記憶を目の前に持ってきた。時期も季節もばらばらに、色の濃い部分だけ押しつけてきた。

他人事みたいに、俺らしくない複雑な気持ちの動き方をしている自覚だけがあった。

思い返す、サブレに誘われたあの日。

ついてきた理由は彼女が好きだから、だけじゃなかった。

子どもの頃、葬式会場が楽しかった理由は、お祭り感があるから、だけじゃなかった？

彩羽の家で、死んだおじさんの部屋を開けた時の感想も、拍子抜け、だけじゃなかった？

さっきの、心に差したんじゃなくて、刺さった冷たさが再びやってくる。

じいちゃんに何かあったかもって思った時、サブレを呼んだ時、救急に電話した時、玄関を開けて救急車を待っていた時、感じたのは心配やそこから抜けた安心、だけじゃなかった？

おい。

イベントって、なんだよ。

もう終わってしまう。

物足りなく感じて。

退屈してたから。

それを埋め合わせようと？

指の先で始まった強い鼓動が、体の中心に届いた。

その心臓のリズムに合わせたような足音が背後から聞こえて、リビングに人影が現れる。

俺は幽霊と遭遇でもしたみたいに、咄嗟に椅子から立ち上がる。

「おばさんにメールだけしときやした。どした、めえめえ立ったまま」

「や、別に」

「なんかそわそわする？　それはすごい分かる」

サブレは軽く笑ってキッチンへ行き、俺と同じように麦茶をコップに入れ戻ってきた。

「常夜灯にしてんのいいな。ちょっとは落ち着きそうな気がして」

「な」

「窓開けていい？」

「うん」

サブレが二枚並んだ右側の窓を開けると、外から風がふわりと漂って来た。当たり前に室内より冷えていて、それが腕をかすめた時についい避けてしまった。

俺の動作に気づいた様子もなく、サブレは足を畳んでその場にあぐらをかき、床にコップを置く。立ったままの俺が蹴ってしまわないようにだろう、反対側に少し遠ざけて、置く。

その過剰な配慮に、何故だか分からないけど、ざわついた。

心が大事なことから目を逸らそうとしているのが嫌なほど伝わってくる。自分から自分に伝わるなんて、変な話だ。

「まさかこんなことになるとはねー」

「な」

「なんともないといいけど」

「うん」

「まだ立ってんのか、めえめえ」

上から振ってくる声を不自然に思ったのか、サブレは真上を見上げ、ちょっとずれた眼球の位置をこっちに向けてきた。目が合う。

「あ、ひょっとしてこっち座りたかった？　避ける避ける。風がちょうどいい」

俺が答える前に右に寄った友達の勘違いを訂正する余力が、神社に通じる階段を上っている最中の彼女くらいなかった。俺は黙って空いたスペースに座る。サブレの言う通り、冷えた風が程よく腕や足にまとわりついてくる。

その気持ち悪さに耐えられなかった。

「サブレ」

「んー？」

だからつい呼びかけて、反応までもらっといて、そのくせ、何も言わなかった。

もちろん不自然に思われないのは無理だ。サブレがこっちを向いたのが、衣擦れの音と、男からは決してしない匂いの変化で分かる。

俺が喋る番だ。どう考えても。けど、吐き出そうとした気持ち悪さがサブレに見せて良いものだとは、思えなくなって、飲み込んだ。

吐いたら、サブレに嫌われる。

「めえめえ？」

「いや、ごめん」

「んー」

俺は右足の膝を立て、サブレに目だけ向ける。彼女は、きょとんとして、それから俺とは反対側に置いてあるコップを手に取り麦茶を飲んだ。喉の音が聞こえる。

「めえめえ」

「ん」

「言えよ」

単なる朝のお返しなのか、友達としての気遣いなのか、分からなかった。

どっちにしても、俺なんかより今はサブレの方にずっと心の混乱があるはずだ。自分のじいちゃんが突然体調不良で、救急隊員への説明も全部して、そもそも自分が計画した旅の途中でこんなことになって。

聞いてやるのは俺のはずだ。

サブレこそ、何か言いたいことあったら言えよ、って。

そういう風に誤魔化すことも出来る。

ただ正直になれば、ずっと黙っているのは難しいと感じてた。

すぐ横で、気づかれてるかもしれない心臓音と呼吸音はさておいたって。

出来るのか、これからずっと、友達として、もしかしたら恋人や家族として、サブレにこのひどい気持ちを隠しておけるのか。

いつかまた力を借りる時が来るかもって言ってくれたじいちゃんの顔が思い浮かぶ。自分で考えることの出来る人間だって言ってくれたじいちゃんの顔が思い浮かぶ。

きっと俺のこと、こんな人間だとは思わなかったはずだ。

それを黙ったまま、いつかサブレと一緒にここに来るのか、じいちゃんと笑って飯食うのか。

「サブレ」

俺には無理だ。

じっと俺を見てた目を、サブレは網戸の外に逸らした。話しやすいようにしてくれたんだろう。その程度で吐き出しやすくなりはしなくても、優しさを感じた。

「俺、ひどいやつだった」

言葉が、リビングの中だけに濃く残った気がした。窓は開いてるのに、風で流れて行かなかった。

まだたった一言だけで、なんでだ情けない、男なのに。蹴られた時のハンライも、ふられた時のダストも多分そんなことなかっただろうに、俺は自分のひどい気持ちを知っただけで、痛くもないのに。

サブレが、前を向いたまま首を傾げる。

「ずっと、サバイバル系の映画とか、戦争系とかパニック系とか好きなのは、サブレと同じで、ぎりぎりの場面で見れる命のエネルギーみたいなのが好きなんだと思ってた。サブレについていきたのも、自殺した人とか周りの人が何を考えてるのか興味があって、生きてるってことを感じたいんだと自分では思ってた。小さいころの葬式で騒いでたのも、命の凝縮した雰囲気があったんだってサブレが言ってたから、それで納得した」

「でも違う」

恥ずかしい、女子に甘えてる。続きを聞いてほしい話し方をしてしまった。

口の中にたまった唾を飲み込む。

「俺は、あの」

息するのを忘れてた気がして、慌てて一回大きく吸う。そんなわけない、空気がなきゃ喋れないし、もし長くその状態だったなら死んでる。でもほんとにそんな気がしたんだ。その間を狙ってなのか、ただなんとなくか、サブレがちらっとこっちを見た。そして何も言わずに二回だけ小刻みに頷いて、また目を逸らした。情けないって呆れられてるかもしれないけど、ありがたかった。サブレに見られてちゃ、多分言えなかった。

「さっき」

目を拭ったら、ばれるだろ。

「じいちゃんが危ないかもって時、俺は、わくわくしてた」

サブレはじっと外を見て、動かなかった。

唖然としてるんだろうって、当たり前に思った。なのにサブレを呆れさせて怒らせると分かっててそれでも、一度吐き始めた言葉が止まらなかった。あの心に刺さった冷たさが、消えないから。

「俺は、サブレとは違った。命のエネルギーを感じたいんじゃなかった。俺は、死ぬってことを、面白がってる。ひどいやつだ。知らなかった」

前にサブレに対して思ったことが、今返ってきた。あれは確か駅の近くのスーパー銭湯だ。冷たい奴が自分の冷たさを気にしたりしない、エビナが全くしてないみたいに。

俺が、全くしてなかったみたいに。

「ごめん、サブレ」

サブレはまだ何も言わず、もう一回お茶を飲んだ。

俺は、自分のひどい部分のことすら、今までよく知らなかった。でも、隣に座ってることの友達の性格なら、ある程度は知ってるつもりだ。

仲良くなって、好きになってずっと考えてきた。この四日間もずっと。

だからサブレがどれだけ今、怒ってても、急に爆発はしないと知ってる。きっとまずは考えこむ。そして自分の意見や考え方を選ぶ。だからしばらくは無言に耐えなくちゃいけない。

「めえめえ」

そういう期待は、すぐ裏切られた。

呼ばれたのは本名じゃない。馬鹿みたいな羊の鳴き声。サブレがそう言って俺を見てるから、俺のことで間違いない。

「あのさ」

常夜灯の下の目に、吸い込まれそうになる。

その目を見て、また俺はサブレの反応をこっちから誘導するような喋り方をしてたと気がついた。だから違う反応がきて、怖くなった。

「サブレ待って」

止めたものの、先の言葉が思い浮かばず、結局、「いや」と首を横に振ってサブレに渡した。彼女は、鼻で大きく息をついた。

「じゃあ、私の思ってることを言ってもいい？」

本当は嫌だ。自分の息苦しさを吐き出すだけ吐き出して、それを一方的に聞いてもらって、プラスの言葉を受け取れるわけがない。

分かっていても頷くしかなかった。これ以上、情けなさを見せたくない。

「うん、いい」

「言ってることが本当なら、ひどいやつだな、めえめえ」

さっき俺自身もそのことにはっきり気がついた。

だけど、どっかで、そんなことないよ、という否定を期待した。だから、自分の望みの通りにならなかった現実が、悲しいのと、ちょっとむかつくのと、恥ずかしいのが混ざって、体が熱くなった。一気に熱が出たみたいだった。支えを増やそうと、右手を床につく。

そしたらちょうどそこに、サブレの手があった。いつもなら、すぐ手をひく。けど、ひどいと言われて、見損なわれて、もう嫌われるかもしれないと思って。つい握ってしまった。何も持っていないサブレの手を。

そしたら予想よりもずっと早く強く、サブレは俺を振りほどいた。

「どうしたいきなり！　びっくりした！」

「いや、ごめん」

はっとして謝る。サブレは首を傾げた。俺だって初めて手を握るタイミングをこんなところにするつもりはなかった。

「もしかして私がひどい奴って言ったから、めえめえから逃げると思ったとかそういう？」

「……まあ、そういう」

「逃げはしないよ」

少し笑ったサブレの顔の印象がいつもより薄く感じられた。信じられなかったからかもしれない。逃げはしない、の、は、が気になった。サブレでもないのに、変に敏感になってる。

「めえめえ、そのわくわくするっていうの、本当にじいちゃんが危険だと思ったからなのかどうかはもっと考える余地があると思う」

少なくとも俺は、しっかり感じてるのに。

「そして今から言うことが、どれだけめえめえの慰めになるのか分からないんだけど」

いつも通り、サブレは少しめんどくさい言い方をする。慰め？

「ひょっとしたら良い作用があるかもしれないと思うから、伝える。いい？」

「うん」

「めえめえが結構悪いやつだって、私は言われなくても知ってた」

鏡で確認なんかしなくても分かるくらい、俺は目を丸くして、サブレを見る。

彼女は、常夜灯の灯りの中で、真剣な顔をしていた。

「めえめえは、一緒にいると、ちょっと、ん？　って思うところがある。私は、細かい部分が気になるから」

「え、何が？」

「例えを言えばいい？」

「うん、あるなら」

「今から私、すごい嫌な言い方するよ」

グッと身構えるような暇はくれず、サブレは「自覚あるかもしれないけど」って続けた。

「めえめえは、自分がダメージを受けないと思ってる場面でしか矢面に立たない。どうしていいか分からない場面では、基本的に、誰かを先にいかせる。これも、うっすら繋がってると思うんだけど、年上の男の人には基本ぺこぺこしてる。まあずっとそういうスポーツの社会にいるからかもしれない。男女相手で敬語の使い方が違う」

サブレは断定するように言い切って、また麦茶を飲んだ。

何も反応できなかった。

前半を聞いた時点で、頭が受け取るのをいったん拒否したみたいに、意味を理解するまで数秒のタイムラグがあった。ようやく届いてから、俺の頭の中にはここ数日のことが浮かんだ。

そして、さっきとはくらべものにならないほど強烈な恥が俺の全身をいっぱいにした。沸きおこったあまりの熱さに、ついには耳と頭の間のどこかが急に遮断されてしまった。後半は聞いてて聞いてないみたいなもんだった。自分の中で、弱くて情けない自分の行動と、先を行くサブレの背中や言葉がいくつもフラッシュバックしていた。

そんな風に俺を見てたのか。

サブレを堂々とした奴だとか思ってたのは、俺が下がってたからだった。そんなことないと言い返す材料もなくて、ただ、女子を、好きな子を、盾にしてた自分が情けなくて仕方がない。そう見られてるのを知らなくて、サブレとの仲を進展させたいとか思ってたのも。

消えてしまいたいと思った。

本当は今すぐ身を隠して、サブレには少しの間、俺のことなんて忘れてほしかった。あとちょっと理由があれば逃げ出していたかもしれない。でももしそんなことしたら、また逃げたって思われる。

どうしようもなく、せめてサブレから目を逸らした。体の重心も彼女がいるのと反対側に乗せる。

それすら感じ取られ情けないと思われたのか、横から溜息まじりの笑い声が聞こえた。

「捕まってんな、私ら」

その言葉の意味は、前を切り取られたように唐突で分からなかった。

「良いところも、悪いところも。不自由だなあ」

突然、右腕を摑まれた。

急な感触にびっくりして、ついはらってしまう。ここには俺とサブレしかいないのに。咄嗟とはいえなんでそんなことをしたんだと後悔しても、まさかまた摑んでくれとは言えない。

どうしたんだ、いきなり。

「さ、さっきの仕返し？」

「そうだけど、めえめえの気持ちも分かると思って。あと驚く私の気持ちも分かっただろ」

俺ののどの気持ちかは教えてくれずに。

「私さあ」

サブレは、自分のことを話した。

「私は、さっきじいちゃんの背中さすりながら、このまま死んじゃってもそんなに悲しくないだろうなあって思った」

心の動きに敏感に反応したのか、びくついた俺の体がすぐ後ろの椅子にあたった。その椅子がテーブルにぶつかった拍子か、麦茶の入ったコップがラグに落ちる音がする。

「……なんで？」

「それも考えてた。この数日間を通して気づいたことなんだ。これは私がタナトフォビアから脱出した理由でも、彩羽ちゃんに怒られた理由でもある気がしてて」

単純すぎる質問に対してサブレは、相変わらずの言い方をする。

「私は、人が死ぬこと自体はどうでもいいのかもしれない」

そしてちょっと変わった価値観を喋る。

「私が怖かったり、悲しかったり、同情するのは、死じゃなくて多分、無念の方だ。私はきっと、死にたくないんじゃなくて、まだ死にたくない。だから、大人になって年取って孫も高校生まで元気に育って、奥さんももういなくて、人生を満喫しただろうじいちゃんが死んでも、私はそんなに悲しくない気がする。これを分かったのが、今回の旅で得た私の成果かな」

この場には二人しかいないのに、彩羽みたいな人から、不謹慎だとまた睨まれる気がした。

「けど、やっぱりじいちゃんのことは好きだし、普通に別れを悲しめない自分はめちゃくちゃひどい人間なんじゃないか。常識や良識に苛《さいな》まれたりもしてる」

「ひどい人間って、そんな」

ことないって言う材料が、これにもなかった。少なくとも、俺の中の常識では、好きな人との別れは悲しむものだし、家族とはなおさらだって思う。もしかして、それが捕まってるってことなんだろうか。

ようやく、さっきサブレがちょっと分かると言った俺の気持ちがどれなのか、思いあたる。

「逃げないって！」

サブレはゆっくり息を吐く。

「いつかめえめえが死んだ時に、こいつ夢叶えたしまあいいかって思うかもしれないぞ」

「それなら、俺は、サブレの葬式ではしゃいでるかも」

「それはむしろそうしてほしい。約束な」

サブレは割と真面目な声色で言う。考えてみれば、俺もそうしてほしいかもしれなかった。子どもの頃に行った葬式を思い浮かべる。大人達がみんな泣いてて、楽しくはなさそうだった。

俺が頷くと、ひかえめな笑い声が聞こえた。

この時にはまだ、気づけてなかった。心臓の激しすぎる鼓動が体の中心から徐々に逃げ出し始めていた。

代わりに、足の先とか指の先がじんわり痒くなっていく。

そのちっちゃい振動が一瞬の内にもう一度、体の中心に集まってきた時、ようやく俺の中で変化が始まっていたことに気づけた。

友達の行動の意味をもう一度、思い返す。

サブレも、逃げないでほしいって思ってくれたのか。

自分のじいちゃんが命の危険に曝されてる時、心を浮つかせてた俺なんかに。好きな子を盾にしてた俺なんかに。

サブレと目が合う。

消えたい気持ちが、奪われる。

代わりに生まれた、かつてないほどぶわっとした気持ちが、今すぐ言葉を作ってしまいそうで、俺は歯を食いしばった。

それは絶対に今していいことじゃない。

この状況は、場所もシーンも、全部サブレを決断しにくくさせてしまう。

俺達の悪い友達が言ってたことを今、ようやくちょっと理解した。自分も変わらないくらい悪いやつだって自覚したからかな。

「……俺もだけど、サブレも悪いやつだったんだな」

「そうだね。知らなかった？」

「ただの良いやつとか思ったことはなかったけど、それにしても俺を臆病だと思ってんのに言わないで泳がせてるのは、かなりひどいな。もし他にもあるなら今のうちに言ってくれ」

「えーなんだろ」

考えだしたから、そう簡単には出てこないんだと安心しかけたのに、サブレは人差し指を向けてきた。

「私のも言ってくれるなら、言う」

「うん、分かった」

言うってことはあるってことでそれを聞かずにはいられなかった。対してサブレにそんなのあるかなって考えたけど、意外と見つかった。悪いっていうか、気になったくらいのことだ。サブレほど細かくはないやつ。

「じゃあ、これもあえてちょっとめえめえにきつい言い方するけど」

「早く言って」

「めえめえがエビナとかハンライのこと話してる時に、ちょっとだけ上から目線に見えることがある。あいつは俺が理解してやってんぜ、みたいな」

「それは、ちょっとマジで自覚ない。エビナが上から目線ってなら分かるけど」

「そうだね誰にでもありそうな部分かも。私にもあるだろうし。次はめえめえの番。私の番の方が分かりやすいか」

「悪いとこっていうか、そっちかよってちょっとツッコみたくなったことならある」

「早く言え」

「彩羽達の家に行った後サブレくらったって言ってたの、あれあの子の気持ち考えて反省してるって意味かと思ってたけど、タナトフォビアの話を聞いて、自分のことかよって、ちょっと思った」

語尾が弱くなったのは、言い過ぎかと心配になったから。傷つけたいんじゃない。

俺の心配をよそにサブレは何回か浅く頷いた。

「そーれは自覚してる。んで、自分でもすごい落ち込んだ。人の気持ちを慮れない奴だな私はって」

「おもんばかる?」

「おもんぱかる」

「へえ」

「彩羽ちゃんの言葉にももちろんやられたし、考えこんだ。でもまあ結局のところ、興味あるから訊きに行こうなんて彩羽ちゃんの言う通りだから、私にとっては夏休みの思い出だよ？　って開き直った」

「悪いやつだな」

「しかも自分で行動しといて落ち込んで開き直るし、この開き直りにもちょっと落ち込むめんどくさいやつでもあるから」

「何を自信満々に」

いつの間にか、まるでじいちゃんの一件はなかったみたいに、いつも通り喋ってた。冷たさも熱さもまだ抱えたまま。

「でも確かに、映画何回も同じとこ巻き戻すのは、ちょっとめんどくせえなって俺も思う。この常夜灯で思い出した」

「分かるし申し訳ないって思うけど、お前二ターン連続だぞ」

「俺にもまだなんかあるなら言っていいよ」

「悪いっていうか、めえめえ誤魔化すならもっと上手く誤魔化せって結構思う。ハンライの売買交渉ってなんだよ」

やっぱあの時の「ふーん」は全く納得してなかったのか。さすがに俺にも関わってくるから今度こそ上手く誤魔化したい。

「いや、なんかハンライが知ってるクラスの奴らの情報をエビナが買うとかなんとか言ってて、俺もあんまり知らないんだよ」

「ふーん。あ、そういえば、ハンライが前にやってた女子に触らせてって頼むやつ、めえめえと計画してたって聞いたけど、あれも我関せずの顔で誤魔化してたのは悪いよ」

「あいつぶっとばす。あれあいつが勝手に俺に宣言して始めただけだから」

「止めなくても共謀罪になるぞ」

「本当にやると誰が思うんだよ。そんでサブレも二ターン連続」

「私にもまだなんかあったら言っていいよ」

「そういえば、俺のこと前から悪いやつだと思ってたんなら、じいちゃんに良いやつだって嘘つくなよ。こっち来てからサブレが嘘つくとこめちゃくちゃ見た。あ、あと、色々気になるくせになんで、おばちゃんちで名前だけミスるんだよ恥ずかしい」

「泊めてくれる人に、悪いやつ連れていくって言わないだろ。あのさ、この短時間で私また一個、めえめえが人を責める時に連続で言いたがるっていう嫌なとこ発見してんだけど」

「先行で攻撃してきたのサブレだから」

「勝手に自白しだしたのはめえめえ」

　二人とも止まらず、何故かしばらくの間、互いの悪いところや面倒なところを伝える遊びが続いた。

普通なら喧嘩になりそうなことをしてる。でもなんか、悪口言いあってんのに横にいるってのが楽しくて、こんなにお互い見てたんだなと嬉しくて、後半はずっと笑っていたから、やっぱ遊びだ。どちらも投げっぱなしで、改善方法なんて一つも提案しなかったのも含め。

真面目なトーンに戻ったのは、月がだいぶ横に寝た頃だった。

サブレが、そのことを唐突に切り出した。唐突って思ったのは俺だけで、サブレの中では繋がってたんだろう。

「めえめえ達が、私の性格だって言う、気にしすぎでめんどくさい部分さ」

「うん」

「病気だって言われたことがあるんだ」

軽い気持ちで聞いてたのに、病気って響きに対する反応が難しくて、すぐには出来なかった。

「恥ずかしいから早く直せって中学の時に親からずっと言われてて、それが人格を否定されてる気がして嫌で、家族とはちょっとずつ距離を取ろうって決めた。去年の夏休みに実家に帰って、わざと過剰にやってみたら親の反応が全く変わってなかったから、もう正月以外は下宿にいることにしたんだ」

けど、お互いの悪いところなんて言い合ってたおかげか、ちょっとだけ時間をもらえれば、思ったことをそのまま言葉に出来た。

「どっちでもいいよ。性格でも病気でも。どうせ、ちょっと気にしすぎだなって思いながら、サブレと一緒にいるんだから。俺も、エビナもハンライもダストも」

俺は、って言っとけばよかったかな。エビナから指示されたような伏線をはるなら。

照れと後悔で一度視線を外して、もう一回サブレを見る。と、何とも言えない表情を浮かべてた。今日の朝、神社の前でしてたみたいな。なんだその顔。

伝わんなかったのかと思って、説明をくわえようとした矢先、サブレが一息だけ笑った。

「そっか」

「そうそう」

「私は、やっぱりめえめえの考え方に弱いな」

サブレの言いたいことが分かる前に何故か、イメージがわいた。さっき俺の言葉がリビングの中に残ったのとは、まるで逆のイメージ。サブレの言葉が、家の中から冷えた風に乗って外に飛び出し、風に浸透していくみたいだった。

「弱い？」

「くらうってこと」

「それは、喜んでいいやつ、悪いやつ？」

「どうだろ、私の勝手な感覚だから」

イエスかノーで返ってこなかったのがサブレらしくて、俺も一息だけ笑う。

「サブレの言うことは自由だな」

「少なくとも望んでる。解き放たれたいんだ」

彼女の答えになっているのか分からない言葉の力を借りて、さっきわいたイメージの意味に俺の感覚が届いた。そうか。

俺にはサブレと共感できるところがたくさんある。彼女を分かるって部分がいくつもある。でも、性別や血筋や得意不得意とも関係のない、俺とサブレの決定的な違いをたった今、察した。それは良いか悪いかじゃなくて、イエスかノーでもなくて、だから簡単に言葉には出来ないでいるうち、タイムアップが来た。

サブレの脇に置かれてたスマホが光る。受信したのはじいちゃんから、何事もなかったことを知らせるメールだ。

顔を見合わせて、悪い俺は、きっとサブレも、心底ほっとした。

「明日も早いし寝る？」

「そだな」

この時間に未練がないわけじゃない。なのに終わりを受け入れることは不思議と簡単で、俺はサブレと挨拶を交わしてからトイレに行って、布団の中へ戻った。

それなりの時間をかけてから眠った後、じいちゃんが帰ってきた音で一回起きた気もするけど、記憶のかなたに吹き飛んだ。

現実と夢の境目で思い浮かべたサブレは、羽が生えているように見えた。その姿に嬉しくなって、怖くなった。

朝、俺は自分なりの心を決めた。

睡眠時間の短さから、食卓に着いた時には二人とも、寝ぼけ眼《まなこ》ってこういうんだろうなって顔だった。じいちゃんが俺達よりよっぽど元気な顔で用意してくれた朝ごはんを、ありがたく食べた。

短いコーヒータイムを挟んだら、荷物を持って家を出た。呼んでおいたタクシーに三人で乗り込む。じいちゃんは数日運転を控えなければならないらしい。

来た時バスを降りたのとは違う駅に着くと、じいちゃんがバイト代替わりに新幹線の切符を買ってくれた。

「色々世話をかけてしまったが、私が生きてたらまた来てくれ」

悪い笑顔に、俺も笑顔で頭を下げる。再会の約束をし、最後に握手を交わした。

手を振りながら二人で改札を通って、売店で飲み物とお菓子を買ったら、いよいよ新幹線出発の時間だ。

荷物を二人分、席頭上の棚に置いた。並んで座るとすぐ発車して、窓際の席で景色を楽しんでたはずのサブレは、出発後かなり早めに寝てしまった。

暇だけど起こすわけにはいかない。俺はイヤホンをつける。夜行バスの中でサブレが送ってくれたプレイリストをまた聞くことにした。

彼女の選んだ曲達を順番に流しながら、相変わらず、想ってた。


正直に言うとある時まで俺は、サブレのことをすげえめんどくさいやつだなと思ってた。クラスの奴らにもそう思われてたはずだし、今もある程度思われてる。サブレと同じ班になったら掃除がなかなか終わらない。同じ日の日直になったらサブレが細かいもんだから雑にやるとこっちが担任から怒られる。グループ学習になったらサブレが言葉の意味にいちいちひっかかって前に進まない。そういう愚痴は、本人の耳にも届いてるかもしれない。

掃除の件はやんわり女子達に注意されてから、放課後一人で気になった部分を改めてチェックしてるみたいだ。でもまだまだ、その他にも日常の至る所でサブレはその気にしすぎを発揮し、教室以外で会う俺達下宿生には、よりはっきりと彼女のめんどくささが見えていた。それでも友達で仲間だ。だからエビナの口が悪いとか、ハンライが馬鹿な作戦実行するとか、ダストがちょっとやばいやつだとか、俺が勉強苦手とか、そういう特徴と変わらなく思うことにした。俺にはもっと悪い特徴があったわけだけど、まあその時は知らなかった。

ちっちゃく、でも明らかに、サブレへの見方が俺の中で変わったのは今年の一月。まだ一年生だった俺やハンライが部活で掃除とか物品の整備とか、雑用に追われる毎日を送っていた最中、俺に急な休みが訪れた。

その時期、部活内でも何人かが感染していたインフルエンザをもらってしまった。もちろん学校も部活も休み。後から聞いたらハンライなんかぴんぴんして「えーちょっといいなー」なんて羨ましがってたらしいけど、割としんどかった。

数日ハンライにスーパーで色々買ってきてもらい、それを食って薬を飲んで寝るを繰り返した。うつさないようスーパーの袋はドアノブにかけといてもらって、それをハンライがラインで教えてくれる。『お待たせしましたウーバーイーツでーす（笑顔の絵文字）』ってノリは全部無視した。

ある時、ぱっと起きたらまたハンライからラインが来てた。俺はぼうっとした頭で立ち上がり、ドアを開けてポカリとかおにぎりとか入った袋を受け取った。廊下の空気に全身が震えてすぐ部屋の中に戻る、ベッドに座り中身を確認すると、意外なものが入ってた。ヨーグルトに桃のシロップ漬けだ。そんな女子っぽいものをハンライが買ってくるとは思ってなかったし、実際それまでの数回にはなかった。

どうしたんだって疑問は、すぐ解き明かされる。

最初はどっちかに貼ってあって、剝がれたんだろう。綺麗に切られた小さな紙に、二人分メッセージがあった。

『おでーじに　え』

『早く治れ〜　サ』

　サブレは簡単な羊の絵まで描いてくれている。あの二人が選んだんだから、体にいいんだろうと思ってありがたく食べ、俺は冷えピタを貼り替えてからまた布団にもぐった。

　しばらく寝て起きてを繰り返すうち、次の日になっていた。目覚まし用に置いてる時計で確認、九時十二分。体感で昨日よりもだいぶ熱が引いてるように感じた。頭もすっきりしてる。ヨーグルトと桃が効いたか？　そんな即効性ねえか。と自己完結しながらスマホを見ると、サブレから電話が来てた。ラインメッセージも。

『ごめん、間違って電話してしまった（汗の絵文字）昨日ハンライに渡したメモに、早く治れって書いたの、訂正です。焦って治そうと思ったり、早く学校行こうとか思わなくて大丈夫だからね。全然ゆっくりめえめえなりに十分に休んでいいと思う！　急かそうとしたんじゃないんだけど、もしめえめえを焦らせてたら申し訳なくて、伝えました。紛らわしかったらごめん』

　読んで、笑った。急かされてるなんて思うわけない。サブレらしい。

　そのらしさを、何故かその日いつものめんどくさいとは違う方向に感じた。胸のあたりが、物理的にじゃなく、広がったような気分になった。

　ちゃんと見てみると、ラインメッセージの送信時間がついさっきになっていた。そこで今日が土曜日だと気づく。

　体調もちょっと良くなったし、電話をかけなおしてみた。

『お、おお、めえめえ、大丈夫？　電話したの気にしなくていいから寝てた方がいいよ』

「結構大丈夫になってきた。さんきゅーヨーグルトと桃」

『それはよかった。あれは、一応言うと、桃が私でエビナがヨーグルト。エビナのえ、とサブレのサ』

「名前の方は分かってるよ。あと、急かされてるとも思ってないし」

『ごめん、あれ。紛らわしい言い方して』

「いやあれ見て思ったんだけどさ」

その時には冷静なつもりで、普段通りのつもりで、ただの感想を伝えた気がしてた。思い返してみれば、多分まだ熱があったんだ。

「サブレって、めんどくさいっていうより、真剣なんだな」

言ってから気づいた。それって、サブレをめんどくさいと思ってたのを認めてしまってる。だからその後サブレが数秒黙ったのは、不機嫌にさせたのかとちょっと焦った。

次に聞こえてきたのが笑い声でよかった。

『いやめんどくさいぞ私』

「自分で言うのかよ。ま、どっちでもいいけど。サブレってそういうやつなんだなって思っただけ」

『だけかー』

「だけだけ」

それから電話を切ってまた一日安静にしてる間、ずっと広がった心の感触を確かめていた。いつしか胸のあたりがぶわっとなるそれが、サブレに対して起こったと気がついた。ひょっとして好きになったってことなのかって考え始め、数日後すっかり完治してからサブレと会った時「復活おめでとうっ」と笑う顔を見て認めた。

多分、周りが使うめんどくさいって言葉に納得して、分からなくなってたんだ。見た目や声や、ちょっと変わった考え方や、その、めんどくささとも真剣さとももとれるサブレの姿勢が、好きな形をしてること。

これがきっかけ。ロマンチックでもなんでもないかもしれないけど、俺にとっては特別だった。あんなラインや電話のことなんてもうサブレは覚えてないだろうな。

この瞬間の自分に時間が戻ってきて、目を開く。今、好きな子がいる自分に。

俺はまだ走ってる新幹線の中にいた。横のサブレを見ると、窓の外を見てた。イヤホンを外す。プレイリストはいつの間にか全部流れてしまっていて、気づかないうちに一時間も寝てたみたいだ。

俺はお茶を一口飲んだ後、ポッキーの箱を開けた。その音でサブレがこっちを見たから、袋に入ったポッキーの束を差し出した。一本だけ、細い指に引き抜かれていく。お返しにプリングルズを一枚くれた。

今日のサブレは、夜行バスに乗ったあの日と同じ格好だ。黒いオーバーサイズのTシャツに、目がちかちかする虹みたいな柄のスカート。じいちゃんちで、色うつりしないよう個別に洗濯してた。

同じ格好のはずなのに、俺からは違うように見える。理由は意外とはっきりしてて、その理由を思うと、新幹線の席に座る残りの一時間半くらいは全然眠くならなくて、サブレとの会話は色んなところに転がった。俺の心の方はもう、転がっていくようなことはなかった。

三時間ぶりに地面を踏むと、なんかふわふわした感覚になった。サブレに言ったら、「分かるけど、ここだってコンクリートで土台作られてるわけで地面じゃないよね。地下もあるから、下は空洞だし、新幹線の床との違いを体はどうやって判断してるのかな。プラシーボな気もする。めえめえの感覚を否定したいわけじゃないよ」と返され、相変わらずサブレらしいと思った。

あんな速い乗り物で南に三時間移動しただけあって、こっちはかなり暑かった。あの快適さに慣れてしまった体には照り返しと人の多さによる蒸し暑さが結構やばい。サブレと急いで室内に入って、構内を移動し一度改札を出る。昼ご飯を食べるためだ。

味というより完全に気温でメニューを選び、俺達は前を通りかかったラーメン屋の冷やし中華を並んで食べた。

「麺よりもこのクラゲが好きだ。のってる冷やし中華は当たり」

「じゃあ、うちの食堂でたまに出るのは当たりじゃないんだな」

「あれはあれで美味しい。というより、食べ物に当たりはずれなんて思っちゃだめだな」

自分で言い出して勝手に反省して、サブレは酸っぱくてこりこりしただけのクラゲを美味しそうに口に入れた。

俺も前回の反省を生かしちゃんと大盛りにした。にもかかわらず、食べ終わるのは俺がだいぶ早かった。サブレは「運動してる奴としてない奴の代謝の違いを目前にした旅」がどうこう言ってた。

店を出て俺達はまた改札を通り、目指すホームに向かう。ここからは普通の電車。少し待って乗り込んだ電車内は、あっちの青い電車と比べ物にならないくらい窮屈《きゅうくつ》だった。別に満員電車ってわけじゃないから、イメージの問題もかなりありそうだ。

扉の前で荷物を床に置き、電車に合わせて揺れる。見た目通り、サブレは体幹が弱いみたいで、何度かよろけていた。ふらふらしてるのをへらへら笑って見ていると、次に強く揺れた時、サブレが足元に置いたリュックに引っかかって、こけまいと伸ばした腕が俺の腹にヒットした。

「ごめっ、大丈夫？」

「なんでグーなんだよっ」

「最近、じゃんけんでグーだすのにこだわってて」

「なんだその変な理由」

謝るくせにちょっと笑ってるサブレと、文句言ってるくせに思いっきり笑ってる俺は迷惑そうな視線を感じて声を潜めた。

目的の駅で電車を下りたら、次が最後の乗り物だ。普通のバスで俺達の町まで帰る。名残惜しさはもちろんめちゃくちゃあって、楽しかったなって満足感もあって、でもそういうのを全部包むようにしてる一個の大きな気持ちがあって、多分これのおかげで今俺の心は安定してるんだと思う。支えられてる。

バスの中は空いてたから、二人で前後に並んで座った。俺が後ろ。この状態でわざわざ首を伸ばして何か伝えることはなかった。

見慣れた町並みに入り、聞きなれたバス停の名前が読み上げられる。サブレがいち早くボタンを押した。ちゃんと停車してから立ち上がったら鞄をそれぞれ持って、バスを降りる。

エアコンの効いた車内から一転、俺らに直射日光が突き刺さった。サブレはバス内でリュックから出してたキャップを被ってるけど、俺は無防備。

「帰ってきてしまったー」

そんなに残念そうでもなく呟いたサブレと、どっちからともなく下宿の方に向けて歩き出した。暑いからか、住宅地であるこのあたりに誰の人影もない。しばらくその様子は変わらなかった。ちょうどよく俺は、横を歩くサブレを呼び留めた。

「ちょっと待って」

「ん？」

肩にかけたエナメルバッグのチャックを開け、中を探り、内ポケットに入れてた缶コーヒーを取り出す。そして財布から十円も。まず缶コーヒーをサブレに差し出すと、マジで何も分からないという顔をした。そりゃそうだ。

「これ、実は夜行バスのガテン系にいちゃんからサブレの分も貰ってたから。はい」

「ほー、なるほどな、それはありがとう」

どこかにいるにいちゃんの財布にじゃなく、タイミングを見計らった俺にお礼を言ってくれた。サブレはリュックを一回地面に下ろし受け取った缶コーヒーをねじ込む。そうしてもう一回背負うのを俺は黙って待った。

「あとこれは昨日の賽銭」

「お、はいはい」

受け取ったサブレが十円をポケットに入れて歩き出したら、また横に並んだ。動いてた方が、なんか落ち着く。

「サブレ」

「うん」

「実はずっとサブレが好きなんだ」

片目で俺を見てたサブレは、首をもうちょっと捻って、顔の中心をこっちに向けた。そのまま進むのをやめるわけでもなく、てくてく歩きながら、普通のことを言ってきた。

「最近ずっと一緒にいたのに、今なんだ？」

「んー、そう言うけど」

俺にしてみたら今しかなかった。

場所とかタイミングは、サブレが拒否もしやすいように確かに気を遣った。でも、そっちは俺にとって今を決めた一番の理由じゃない。勝算とかでもなく、もっとちゃんとした気持ちがあった。

「なんか、自覚して半年くらい、この五日間も含めて、今よりサブレを好きだったことなかったし、これ以上あるのか想像出来ないから、ここだった」

俺の言葉は、地面に下りて熱の中に立った。そういうイメージ。昨日の夜、サブレが放った自由さと比べたら、鳩の言葉と羊の言葉みたいだなんて、変な想像をした。

「えー、意外だなそれ」

「半年前が？」

「そっちは、うんそうかな、でも、めえめえがそんな気障なこと照れもせず言う方が」

「いやめっちゃ照れてるよ」

照れを誤魔化そうとして変な想像もしてる。ただ、自分の悪いところの告白よりは、サブレを好きだって自分の良いところを伝える方が楽だったのはある。炎天下でばれにくいのかも。

サブレはふむふむ頷いた。彼女の反応をちょっと不思議に思う。

「あんまり驚かないんだな」

そういうとこまで肝が据わってるってことか、もしくは見え見えだったんだろうか。それはかなり恥ずかしい。

「うん。実は、私も似たようなことで悩んでたから、めえめえが似たようなこと考えたとしても不思議じゃない、というか」

「似たようなこと？」

鸚鵡《おうむ》返《がえ》しっていうのは一番馬鹿っぽい質問だな、自分で思った。

「そう。いやよくこんなのめえめえ言ったな、恥ずかしくないのかすごいなお前」

「なんか褒められた」

サブレが言葉を選んでる間に、意味を考えてて、ふつふつとわいてきそうな喜びを抑えこんだ。他の奴ならともかく。サブレ相手には、まだ早い。

「まあ、言うよ。私もさ、めえめえが好きだ。じゃないと旅になんて誘わない。うん。だけど、めえめえが言う好きっていう言葉よりも多分意味が広いんじゃないかと考えてて、本来、好きっていう気持ちはグラデーションで、友情とか恋愛とか決めつけていいものじゃないんじゃないかって、考え方があってさ」

どうせそんな、普通と比べたらちょっとめんどくさいこと言うんだろうなって思ってたから、嬉しくなった。

「サブレっぽい」

「うん、でもさ。あ、ちょっと一回コンビニ寄っていい？」

必要なものがあるのか知らないけど、目の前を通りかかったからって告白されてる途中でコンビニに寄るなんて、サブレ以外が相手だったらありえなそうで笑ってしまう。俺はもちろん頷いた。サブレにはサブレだけの優先順位があるんだ。

一緒にドアを開けて入ったコンビニ店内は、異様に涼しかった。客は立ち読みが一人しかいない。俺は先にアクエリアスを買う。そもそもあっつい路上で告白があり得ないのかなとか考えながら、入口近くでサブレを待った。

レジを通過したサブレは右手にペットボトルのお茶、左手に缶コーヒーを持っていて俺にそっちを手渡した。その行動で、話を切ってでもコンビニに寄りたかった理由を理解したから、遠慮せずに受け取る。

外に出たけど、さすがに日差しが強すぎるだろ、というわけで軒先を借りることにした。雑誌コーナーとはちょっと距離を取り、店に背を向け並んで立つ。

サブレはまずリュックを下ろして、脱いだキャップを上にかぶせた。ひょっとすると、こんな時に帽子は失礼だなんて思ったのかもしれない。

「それでさ、本来はそういう考え方なんだ」

水分補給を済ませペットボトルを地面に置いてから、サブレは続きを始めた。俺も一口アクエリを飲んで地面に置き、言葉を待つ。場所も流れも関係なく、これがサブレ独特の返事だと分かってる。

「その上で、私の中には実は、めえめえに対する好きって気持ちがなんなのかきちんと知りたい気持ちもあった。だから、今回の旅は、私だけのそういうテーマもあったんだ。めえめえを誘う時に思いついた」

「……それで？」

「先に黙ってたの謝ろうと思ったけど、めえめえも私に半年黙ってたんだから、相殺にしていい？」

「うんそれでいい」

さっきの缶コーヒーもそうだったと思う。きっとサブレは俺のことをちゃんと考えてくれて、答えを出す前に、出来る限りフラットにしようとした。

「新幹線の中でめえめえが寝てる時に考えてた。どうなんだろうって」

Tシャツが背中に貼りつく。

「でも決められなかった。やっぱりグラデーションだ。この数日で気持ちはめちゃくちゃ大きくなった。昨日はめえめえの悪いとこと繫げてしまったけど、めえめえがずっとスポーツしてたり色んな年代に接してきたからこそ手にしたはずの気遣いとか思い切りの良さも、私は好き。その中には、友情もあるし恋愛もある。実際、めえめえだってそうだと思うんだよ。言ってくれたのは恋愛だろうけど、私に友情も感じてくれてる気がしてる。今回そうやってお互いに、好きな気持ちを持ってるのが分かったわけだから」

サブレはちゃんと目を見てくれた。

「二人とも自由でいるべきじゃないかって、考えてる」

実は、なんかそんな気がしてた。

缶コーヒー渡されるまでもなく、お互いの秘密を相殺するまでもなく。

お互いに好きだから、恋愛の気持ちもあるんだから、男女だから、じゃあ関係を変えようってならないのは、本当にサブレらしい。前に誰かと付き合ってその考えがより強くなったのかもしれない。俺はこの数日で前よりもっとサブレを知って、もっと好きになって、分かってた。察してた。きっとサブレなら、大切な相手の自由も慮るんじゃないか。

サブレがまっすぐ自分の意見を説明してくれたことは、これ以上ないくらい、俺のことをちゃんと考えてくれた証拠だというのも理解してる。

それでも、言葉にされたらショックだった。

「これが私だけの考えかもしれないってのも、分かる」

サブレは自由を望む。ここから解き放たれたいと思ってる。

「めえめえはどう思う？」

羽を差し出されたようなイメージを持った。

サブレの自由を尊重するなら、好きな子にそのままの姿でいてほしいと願うなら、答えは決まってる。

もし俺が心から人を思いやれる優しいやつだったら。

したいようにしたらいいって、きっと言えた。

でも、この旅で知ってしまった。俺は臆病で、悪いやつだ。

「サブレと付き合いたい」

下宿に帰ったら、新学期が始まったら、三年生になったら、卒業したら、サブレの自由を今ここで受け入れたら、いつか本当に飛んでいってしまいそうで怖くて、嘘がつけなかった。昨日のイメージが心を引きずり出した。

「俺はサブレと恋人になって、手を繋ぎたい。どこかに行ったりしないって二人で約束するみたいに。友達なだけじゃ、どれだけ仲良くなっても俺は多分、理由がないから出来ない。サブレの自由な考えを曲げさせようとする悪いやつだって、自分で思う。でも、サブレがちゃんとした意見とか考え方とか持ってるの分かってて、理解してるつもりだけど、そういうのに一切負けない、俺の気持ちと頭ん中、そういう、全部で、好きだ」

今、彼女の羽をもごうとしてる。

「一緒にいたい」

心が揺れ動いて震える緊張や覚悟とは別に、おかしな映像が、実際にはそこにないのに思い浮かんだ。折れる骨や千切れる羽、噴き出す血を、どこにあるか分からないもう一つの目みたいなものが映し出してる。振り払おうとしても消えず、これが俺の中にあるひどさで、罪悪感のイメージなんだと気づいた。

現実の目には、サブレが呼んでくれるまで戻れなかった。

「めえめえ」

我に返って瞬《まばた》きをする。無残な羽も、今にも飛び立ちそうな大きな羽も、ここにはない。

「私も、本当に悪いやつだ」

元からなかったのか、なくなったのか、どっちだろう。

「一晩くらいじゃ言いきれないんだな、自覚ないのまで合わせると、まだまだある」

サブレは俯き地面を見て、深い息をついた。何故だかそのまま止まってしまい、しばらくして、やっと戻ってくる。目が合った。

「私の言い方、めえめえに決定の責任を押しつけてた。めえめえが話してくれて、自分がやってたことにやっと気づいた。試すみたいな言い方した」

サブレの言いたいことを理解する前に、一つだけ、その顔を見て知った。

「自由がいいとかなんとか、虹を区切ってたのは私だった」

拭わなくてもこぼれなくても、ばれるみたいだ。

「性格も病気も。考え方も気持ちも。めえめえはどっちでもいいって言ってくれたのに。臆病なのもひどいのも、私の方。本当に、めんどくさい」

「サブレ」

「ごめん、めえめえ、言い直していい？」

そんな質問を、よく受け取ってきたような気がする。

答えは決まってる。これまでも、これからも。

俺はサブレの話が聞きたくて、何度でも頷く。

「ありがとう。聞いて。私も、いや違う、私が、一緒にいてほしい。下宿仲間でクラスメイトで友達で恋人で、その全部で、そのどれでもいい。お互いの悪さもひどさもめんどくささも全部連れて。めえめえと一緒にいたいと今、思ってる。それが私の真剣に決めた自由で、放したくない不自由だ」

言い切ると、急にサブレは回れ右をしてコンビニに駆け込んでいった。

呆気に取られているうちに、あいつは中をうろちょろしてレジを通り戻ってくる。右手にはビニールに入った新品のタオル。左手にグレープフルーツ味のアイスボックス。どういう行動なのか見ていたら、左手はこっちに差し出された。

「食べて待ってて」

受け取ると、サブレは置いてたペットボトルを拾ってコンビニに戻り、またレジ前に立ってから隅に消えた。どうやら洗面所を借りるみたいだ。

サブレからの言葉の意味を考えふわふわしながら、俺はせっかくもらったアイスボックスを食べた。この気温の中、世界で一番美味い食い物。

それはそうなんだけど、俺も中に入っちゃいけなかったのか。アイスとアクエリの空容器を店頭のゴミ箱に捨てて考え始めた頃、タオルを首にかけたサブレが戻ってきた。表情は真顔で、なんかすっきりしてる。

「ごめんちょっと、泣いてる顔見られるの、精神弱いアピールみたいで嫌すぎて」

「あ、そういう」

「人のはいいんだけどな。だから昨日めえめえが泣いてたのも気にしてない」

「わざわざ言わなくていいだろ」

「さ、帰るか」

さっきまでのことは何もなかったみたいに、サブレはキャップをかぶってリュックを背負ったらすぐ駐車場に一歩踏み出した。ひとまずついていく。

横を歩きながら、本当に何もなかったことにされるのは困るな、って正直に思った。

これは、そういうことでいいのか？　さっきの、サブレの言葉は。

もう一回ちゃんと確認をとってから下宿に帰りたい。でも、どう言い出したらいいのか分からない。

情けない俺の心配ごとは、そのうち、二人共通の問題が解決してくれた。

「エビナ達になんて言う、めえめえ」

「あー、なんだろ、サブレが言った通りに言おうかな。下宿仲間でクラスメイトで友達で、恋人だって」

「うん」

自分で話をふっといて消極的な返事だった、けど、恋人も含め何一つ否定されなかった。

二人で改めて無言になるのは、この変化した状況を作り出した俺としては恥ずかしいし不親切な気がした。だから、話題の続き、ハンライにはどうこうとか、ダストには伝えにくいなとか、そんな風に俺が照れを埋める意味もあって喋ってたら、サブレの方は首にかけたタオルを口に当てたまま「うん」「まあ」「そう」しか言わなくなってしまった。

心配になる。サブレのことだ、後悔とか反省とかしてるんじゃないか。それは嫌だな。

「大丈夫か、サブレ」

だから訊いた。

「うん、あの、ちょっと急に、まだ上手く説明出来ないんだけど、多分、今まで考え方とか意見とかで区切ってた大きい感情が表に出てきて、あてられてる」

会話の流れからくみ取れる意味が俺は嬉しすぎて、黙ってればいいのにすぐ訊いてしまう。

「それは一緒にいたい、っていう」

見事に無視された。

普段ならサブレの性格からそんな真似はしない。よっぽど普段と違う事情が、心の中で起こってサブレの口を縛ってるのかもしれない。それなら、サブレが大変そうなところ悪いけど、心を動かしてくれてることが俺は嬉しい。

ついに、数日間の旅を終えて俺達は下宿前についた。バス停からだと、先に女子棟の前を通る。そこで止まって、恥ずかしながら久しぶりにちゃんと向き合った。

「さて私は一回部屋帰って落ち着きますが、よかったら夜ご飯でもご一緒いたしますか?」

「なんだそれいきなり」

「紛らわしてんだよ、めえめえめえめえうるせえな」

「俺の声どう聞こえてんだよ」

ちょっとだけ歯を見せ、サブレはまた大きな口にタオルを当てる。当てたまま。

「手は、その時に」

それだけ言って、女子棟の開いた鉄門の間を通っていった。管理人室の人らにちゃんと会釈をして姿を消す直前、鍵を出す為かリュックを下したところが見えた。どこにも羽は生えてなかった。

背中を眺めて抱く、これも罪悪感かもしれない。サブレと、自分に対する。

告白のタイミング、あの時しかなかったって嘘をついてしまった。

さっきよりもまた少し、サブレを好きになってる。

本書は書き下ろしです。

住野よる（すみの・よる）

高校時代より執筆活動を開始。二〇一五年『君の膵臓をたべたい』でデビュー。同作で二〇一六年「本屋大賞」第二位、Yahoo!検索大賞〝小説部門賞〟など、数多くの賞を受賞した。著書に『また、同じ夢を見ていた』『よるのばけもの』『か「」く「」し「」ご「」と「」』『青くて痛くて脆い』『この気持ちもいつか忘れる』『腹を割ったら血が出るだけさ』「麦本三歩の好きなもの」シリーズなど。サービスエリアが好き。

恋《こい》とそれとあと全部《ぜんぶ》

二〇二三年二月二五日　第一刷発行

著　者　住野《すみの》よる

発行者　花田朋子

発行所　株式会社　文藝春秋

〒一〇二-八〇〇八
東京都千代田区紀尾井町三番二十三号
電話　〇三-三二六五-一二一一

印刷所　凸版印刷

製本所　加藤製本

DTP制作　言語社

ISBN 978-4-16-391660-6